魔幻偵探所

36

深海擒魔

關景峰 著

新雅文化事業有限公司
www.sunya.com.hk

魔幻偵探所

人物介紹

南森

身分：魔幻偵探所創辦人、領頭羊

年齡：120歲

畢業學校：斯塔福德學院（伏魔系）

學位：博士

捉妖經驗：108年，獲得「捉妖能手」、「怪獸剋星」等稱號

性格：遇事鎮定、善於思考，生氣時聽到幾句好話氣就消了

最具殺傷力的武器：
顯形粉、綑妖繩、無影鋼鐵牆

海倫

身分：魔幻偵探所成員，南森的得力助手

年齡：13歲

畢業學校：劍橋大學（法術系）

學位：學士

捉妖經驗：1 年

性格：開朗、逢事觀察細緻，吵架時總讓着本傑明

最具殺傷力的武器：綑妖繩、凝固氣流彈

本傑明

身分：魔幻偵探所實習生

年齡：11 歲

就讀學校：牛津大學（捉妖系）

捉妖經驗：3 個月

性格：聰明淘氣、遇事毛躁

最厲害的戰術：非常規戰術

派恩

身分：魔幻偵探所實習生

年齡：10歲

就讀學校：倫敦大學魔法學院（反幽靈技術系）

捉妖經驗：1個月

性格：聰明活潑，非常好勝，有時候喜歡誇誇其談

保羅

身分：魔幻偵探所機械狗

年齡：100 歲

工作能力：無所不知的電腦資料庫，善於用百分比分析事物

性格：異想天開、調皮、懶惰

最喜歡的食物：潤滑油

最具殺傷力的武器：追妖導彈

特級裝備

綑妖繩

能夠對準魔怪迅速旋轉收縮，將它綑緊綁實，繩子一旦落到魔怪身上，就像嵌入肉裏，魔怪越掙脱綁得越緊，當然放繩子時可要放得準才行。

無影鋼鐵牆

這堵牆其實就是氣流，它把氣流變成了無影無形的鋼鐵牆壁，能將敵人困在其中，衝不出去。

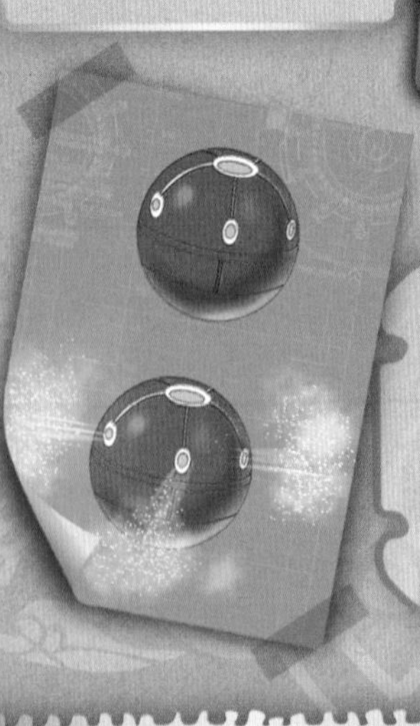

顯形粉

這是一種非常神奇的粉末，即使魔怪偽裝、隱形了也完全能顯現出它的原形。對了，「顯形」就是「現出原形」的意思！

裝魔瓶

能把魔怪收進裏面，使其在三天內化成清水的神奇瓶子。即使魔怪身形再龐大，也能收進瓶內。

幽靈雷達

能夠準確測定氣流存在的方位，並及時發出警報的裝置。它能跟蹤、測定魔怪在哪裏。不過，如果魔怪的魔力非常強，幽靈雷達有時候也可能測不到，它的更強大的功能還有待你去改進！

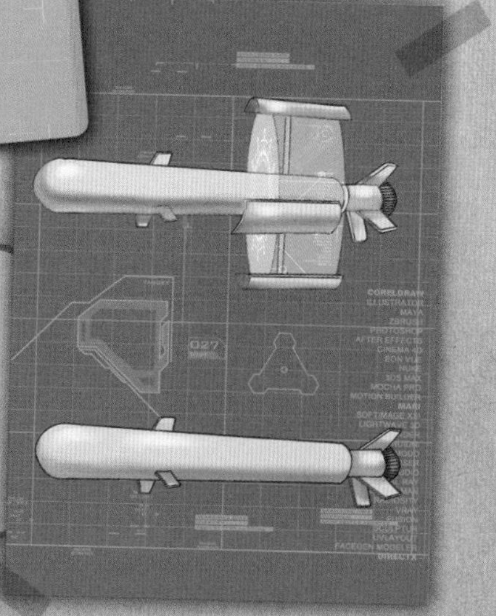

追妖導彈

能夠自動尋找魔怪，進行智能追蹤的導彈，這種導彈威力比較大，一般魔怪根本抵抗不了。

魔幻偵探開始行動！

目錄

第一章　一個掌故

「……我外公有個很大的農場，農場有個麥田，到了夏天，臨近收割的季節，我就會去農場玩。」派恩半躺在沙發上，眉飛色舞地比劃着，他的聽眾是海倫和保羅，本傑明則在一邊看漫畫，「你們知道的，很多鳥會去麥田吃麥子，能吃掉不少麥子呢……」

「這我知道。」保羅點點頭，「簡單的辦法就是做一個稻草人豎立在麥田裏，很有用的。」

「那是一般的稻草人。」派恩擺擺手，一臉的不屑，「我也做了一個稻草人，非常兇悍的一個稻草人，你們猜怎麼樣？不但嚇得那些鳥再也不敢去麥田吃麥子了，有好幾隻鳥嚇得把以前吃的麥子都還給了我外公……」

「哈哈哈……」海倫和保羅一起笑了起來，海倫的眼睛瞇成了一條縫，「是不是呀？又在吹牛……」

「他的話你們也信？」本傑明在一邊，微微抬起頭說，「聲音小一點，我在看書呢。」

「真是熱鬧呀。」南森博士說着話從裏面的房間走了出來，他看看大家，「嗨，我説，你們誰喜歡音樂？」

「我喜歡。」海倫第一個舉手。

「我也喜歡。」本傑明跟着説。

「好。」南森點點頭，「那你倆去書房，把裏面的鋼琴搬到客廳來，我要調整一下房間布局。」

「啊？」海倫和本傑明互相看看，瞪大了眼睛。

「哈哈哈哈……」派恩和保羅大笑起來。

「我還以為要給我音樂會的票呢。」海倫故意歪着腦袋，向書房走去。

本傑明也跟在海倫身後，他轉身瞪了依舊在那裏嘻笑的派恩一眼，南森前幾天就説過要把書房調整一下。

就在魔幻偵探所的成員們説説笑笑的此時，澳洲和非洲馬達加斯加島之間的印度洋上，一艘白色船身的貨輪孤獨地行駛在海面上，天色黑暗，海面上起了一些風浪，貨輪全長五十米，甲板上整齊地疊放着很多貨櫃，貨輪中後部豎立的駕駛艙裏，燈光忽明忽暗，駕駛艙的地板上，躺着兩個船員，他們全都死了，外面的甲板上，也躺着一名死去的船員，在駕駛台上，有一個拖線式對講電話，電話裏不停地發出呼叫聲。

「布里斯班號，請回答，布里斯班號，請回答……」

對講電話裏的聲音非常急促，也很沉重，「……請問你們的情況怎麼樣了，到底是什麼襲擊了你們……布里斯班號，聽到請回答……」

毫無一絲生氣的布里斯班號無法回答，對講電話裏的聲音傳出了駕駛艙，消失在茫茫的海上。海面上，翻騰的波濤有節奏地，一波又一波地敲打着船艙，似乎要把遇襲的人喚醒，駕駛艙有兩層，最上面一層是駕駛室，下面一層是船員休息室，休息室裏，也有兩名船員倒在血泊中。

無人駕駛的布里斯班號獨自向澳洲方向緩緩地行進着，迎着風浪。駕駛艙裏，那個呼喚的聲音一直從對講電話裏傳出來——「布里斯班號，聽到請回答……」

對講電話下，還壓着一張紙，紙上有歪歪扭扭的幾個字——飛行的荷蘭人。

兩天之後，魔幻偵探所的全體成員都被叫到了倫敦魔法師聯合會，他們在聯絡部的辦公室裏，表情沉重，每個人手上都拿着一份資料。聯絡部的部長貝克先生，坐在辦公桌後，也是一臉的嚴肅。

南森他們仔細地看着手裏的資料，他們手中的資料中，都有一張印度洋的地圖，澳洲和馬達加斯加之間的印度洋上，靠近澳洲這邊，有三處標注了紅色圓點，這三個

飛行的荷蘭人
兇手留下這張字條，
目的是什麼？

圓點互相之間的距離都很接近。

「一共三艘船遇襲，兩條貨輪，一條漁船，共十三名船員，全部遇難。」貝克先生說，「全部發生在距離澳洲西海岸兩千公里的印度洋洋面上，行兇者事後都留下了紙條，全被壓在對講電話下，上面寫着『飛行的荷蘭人』，我認為，這簡直就是行兇者對執法機構的公然挑戰，很多媒體也把報道焦點放在這張紙條上……」

「昨天我看過新聞報道了，這可是一宗大案子。」南森說，「不過目前媒體報道似乎有些混亂，有些內容一看就是記者臆想的。」

「『飛行的荷蘭人』？好像，好像……」派恩先是看着大家，然後以求助般的眼神看向海倫，「有個掌故，我暫時想不起來了，你們知道我偶爾也有那麼一、兩件事記不太清……」

「就是一艘荷蘭籍幽靈船的船長，船長是個海中的幽靈，他被詛咒，永遠漂泊在茫茫大海上，不能回家。」海倫說，「『飛行的荷蘭人』的傳說很多，大致上就是一個海上怨靈的故事，據說如果遇到這艘船，船上的人還會托你向岸上已經死去多年的人捎去信息。飛行的荷蘭人的故事被寫成書，編成歌舞劇，拍成電影甚至還有卡通片。」

「對、對、想起來了。」派恩連忙說，「你剛才一說我就想起來了，就是這樣。」

「警方認定是魔怪作案嗎？」本傑明先是不屑地看看派恩，隨後轉頭望着貝克先生，「不會是海盜作案又故弄玄虛吧？」

「警方調查得比較清楚了。」貝克先生說，「首先事件都發生在同一個區域裏，不要說那個區域，就連周圍幾千公里的海區，早就沒有海盜了，而且船員們的財物都沒有損失，貨物也都完好，最關鍵的是，好幾個遇難船員的致命傷都完全排除人類所為，不是槍傷，更不是器械傷。死者都是運送到澳洲西岸的珀斯市進行檢查的，因為當地一直沒有魔怪案件發生，所以也沒有魔法師聯合會，但是珀斯市的西澳大學有一名教授年輕時曾在倫敦選修過魔法課，經他辨認，死者傷口都是魔怪攻擊所為。」

「而且留下了寫着『飛行的荷蘭人』的紙條，明顯就是在告訴我們是魔怪作案呀。」一直沒説話的南森突然説道，他微微地點着頭，「好像怕我們不知道一樣。」

「作案後還留名，這個傢伙神志不清吧，它到底要幹什麼？」派恩不解地説。

「貝克，你説三宗遇襲案的船員在最後時刻都向岸上發出了求救？」南森看着貝克説。

「是的。」貝克説，「兩艘貨輪都是澳洲一家海運公司的，一直和岸上的總部保持聯繫，漁船是澳洲一家漁業公司的，出事前也一直和岸上保持聯繫，三宗案件都發生在夜晚，駕駛人員，也就是船長在最後時刻都用對講電話大聲向陸地呼救，説是有人登船殺人，漁船駕駛員甚至直接説有個幽靈登船殺人，但是他們都只説了一、兩句話，隨後就失去了消息，陸上總部立即報警，好在這些船都被定位，很好找，警方登船後，發現這些船都處於無人駕駛狀態行進在大海上，而船員全部遇害，發出警報的船長就躺在駕駛台下。」

「有蹊蹺的地方……」南森喃喃地説，他低頭看着地圖，「發生地就在珀斯市正西方向兩千公里的海域……」

「一共十三名船員遇害，手段也很殘忍，案件被新聞媒體披露後，世界各地都有不小的震動，很多媒體都報道是魔怪作案。」貝克説，「這個案子很棘手，所以當地警方直接聯繫了我們，他們一定要請世界上最頂級的魔法偵探來破這個案。」

大家都一起看着南森，等待着他的最終決斷。南森一直低頭看着地圖，隨後又翻了翻資料，過了一分鐘，他抬起頭來，看着貝克。

「貝克先生，通知珀斯當地，找一條船來，我們去案發地。」

第二章　風信子號和鬱金香號

幾個小時之後，魔幻偵探所全員出現在倫敦希斯羅國際機場，他們要搭乘航班先飛到澳洲的墨爾本，再從那裏轉機去珀斯，整個航程加起來將近20小時，到達珀斯後，他們將先由警方陪同去勘驗三條停在珀斯港的船，然後檢查遇害者，最終確定是否魔怪作案。

這時，當地警方已經通過國際海事組織發出通知，所有貨運輪船以及遊輪都會避開案發海域航線，不過有些漁船可能會不顧危險前往該海域，因為那裏的漁業資源非常豐富。所以，南森他們要趕快行動，力爭不再有第四宗襲擊案出現。

「……登機後，飛機的飛行時間，也是我們的工作時間。」候機廳裏，南森看看手錶，「沒時間在偵探所裏進行資訊查找了，這一路上的20個小時，就是我們的資訊查找和案情分析時間……」

「博士，我現在已經開始查找資訊了，我要看看那個水域歷史上是否曾有過魔怪案件。」保羅搶着說。

「我在想那是一個什麼樣的魔怪？水鬼？水怪？幽靈？」派恩跟着說。

「很好，你們繼續思考。」南森點點頭，看看大家，「我們的座位在中間位置，正好四個人一排，噢，但願不會打擾到人家……」

十多分鐘後，他們登上了飛往墨爾本的航班，航班的乘客不是很多，海倫抱着保羅，此時他就是一隻玩具狗。登機的時候，保羅似乎有些興奮，但是周圍都有人，他要是大聲説話會引起圍觀。保羅似乎發現了什麼，他身體裏的電腦系統一直在工作着。

他們在座位上坐好，博士叮囑選的座位在最後排，座位最後無人，前排也無人，這個環境正好適合他們展開討論。

「博士，海倫，我進行了全面搜索。」大家坐穩後，看看四周無人，保羅小聲地説，儘管在這種飛機上展開案情分析的方式令他感到非常不適應，「案發海域以前從未有過魔怪案件，但是案發海域西北方向一千公里的海面上，二十年前曾經有一艘豪華遊輪在行駛中出現了一宗魔怪案件，一個幽靈在岸上悄悄登上遊輪，試圖在船上害人，但它沒想到的是船上有三個遊客是魔法師，幽靈在魔法師的攻擊下跌進大海，不知死活……不知道這兩個區域的案件有沒有什麼聯繫。」

「相距一千公里嗎？」南森想了想說，「如果在陸地上，這樣的距離可能沒什麼聯繫，如果是大海上，問題就比較複雜了……老伙計，這個案子我沒什麼印象，能不能查查是哪裏的魔法師？幽靈的具體類型？」

「魔法師是瑞典的。」保羅說，「幽靈的類型查不到，當年這個案子沒有引起嚴重後果，報道並不多，所以你應該沒有關注。」

「好，查到是哪裏的魔法師就行，如果有必要可以聯繫。」南森説着看看保羅，「老伙計，你繼續搜索。」

「博士，這個案子我看好像也不那麼複雜，等我們去了案發地，抓到那傢伙就全了解了，我覺得那傢伙就在案發海域，很容易找到。」派恩坐在最外面，和南森隔着一個本傑明，「這個魔怪都留下名字了，飛行的荷蘭人，一個海中幽靈呀，到了那裏我們用魔怪搜索系統找這個魔怪就行。」

「也許確實不複雜……」南森説，「他確實留了名字，這似乎就是向執法者的挑釁，潛台詞是，看你們能把我怎麼辦。若真是這樣，這個魔怪瘋狂到了極點，留下名字，我們大概可以直接排除是海怪作案了。」

「無論案子是否複雜，這次我們是要到海上去破案了！」本傑明有些激動地握着拳頭，「無論幽靈還是海怪，反正都是魔怪！」

「幽靈和海怪可不一樣。」海倫看看本傑明，「提前預知是哪種魔怪作案非常重要，我們之後的偵破和抓捕就會更有針對性。」

「根據現有資料的證據顯示，此案的確不像是海怪作案。當然，一切都要我們在檢查了事發船隻和遇害者傷口後做出判斷，然後我們會駕船到海上去，三宗案件都在同一海域，作案魔怪的藏身地距離案發海域應該不遠，甚至就在案發海域海底某個洞穴中。如果幾處案發地在印度洋上散開，那開船到海上去想找到魔怪蹤跡概率就極低了。」

「刺激。」派恩握了握拳頭，和本傑明一樣，他也有些激動，「我還沒有到大海上去執行過任務呢……」

「這可是去破案，不是出海旅遊。」海倫連忙提醒道。

「我知道。」派恩晃着腦袋説，「我是去抓魔怪的，順便看看印度洋風光……」

飛機開始起飛了。偵探所的成員們全都坐好，飛機呼嘯着拉升至萬米高空後平飛，南森他們再次展開討論。南森此時其實特別擔心的是有貨輪或漁船不聽勸阻，前往那個海域，那個魔怪連害十多條人命，還留下紙條，毫無顧忌，貿然前往的船隻將會面臨很大危險。

十多個小時後，他們降落在墨爾本機場，隨後在機場內轉至一個候機廳，搭乘去珀斯的航班，又過了幾個小時，他們終於到達了珀斯機場。

當地警方派車把南森他們接到一家酒店，南森他們把行李放好後，稍微休息了片刻，就由警方人員帶領，來到了珀斯港，三艘出事的船隻都停泊在港口內，並由警方人員看管。

南森他們登上的第一艘船，是遇襲的第三艘船。五名船員倒地位置都被白色的粉筆畫出了輪廓。這艘船上兩個船員在休息室遇害，一名船員在甲板上遇害，另一個倒在駕駛艙門口，船長則倒在駕駛台前的地板上。

由於已經過去了幾天，保羅在船上沒有搜索出任何魔怪痕跡。他們又去了另外兩艘船，同第三艘船一樣，這兩艘船的船身也是白色的，他們勘驗了現場，但一樣也沒有搜索出魔怪痕跡，南森說距離案發有幾天，魔怪痕跡會慢慢消失。

緊接着，南森他們來到了當地警方的鑒識中心，遇害者都被保存在那裏的冷庫中。南森他們進入到冷庫中，警方人員先打開一個冰櫃，南森他們開始對死者進行檢查，死者的心臟被射穿，正面能明顯看到胸口位置有一個小洞，南森把死者翻轉過來，看到了後背上的小洞。本傑明抱起保羅，保羅雙眼射出光束，檢測着遇害者的傷口。

「明確無誤了，這是魔怪作案。」南森說着環視着大家，「海倫，看到了吧，說一說為什麼。」

「人類的槍彈射擊入身體，一定會造成進口小出口大的情況，這是因為子彈進入身體後遇到骨骼或肌肉，就是遇到了阻力，子彈因此會翻滾，所以出口就會比入口大，這也是檢測射擊人員是在被射擊者正面還是背面開槍的論證，但是魔怪或巫師用電光攻擊，射出的就是一道光束，擊穿人體後入口和出口一樣大，這個遇難者就是這樣的。」

「嗯，很好。」南森點點頭。

「而且子彈射擊造成的傷口會有深淺不一的燒灼痕跡，魔怪的電光攻擊很少產生燒灼痕跡。」海倫補充道，「槍擊到人類非要害位置，人類可以存活，但人類被魔力強大的魔怪的電光攻擊，只要射中，不論部位，一般都立即死去。」

「我也檢測出來了。」保羅已經收起了光束，「傷口處能檢測出來一點點魔怪痕跡，這就是魔怪的電光攻擊。」

他們又檢查了其他遇害者，所有遇害者都是被魔怪射出的光束擊中斃命的，只不過傷口的位置有所不同，這種光束，無論是魔怪之間互相攻擊，或是攻擊魔法師，都會造成巨大傷害，普通人即使不被射中要害，也基本不能存活下來。

「必須趕快抓捕作案的魔怪。」南森他們從鑒識中心出來，南森一邊走邊説，「這是一場屠殺。」

「是的，我們已經全面發出了警報，嚴禁船隻前往出事海域。」一個陪同的警官説，「不過這附近海岸線很長，有些漁船為了商業利益，可能冒險前往，另外，有些貨輪的船主也可能存有僥倖心理，不理會我們的警報。」

「給我們找的船在港口吧？」南森問。

「在的，是西澳大學海洋學院的一艘科學考察船。」那個警官介紹説，「船名是風信子號，排水五千多噸，長五十米，寬七米多，航速二十二節，也就是每小時將近五十公里，加滿一次油航行里程一萬公里，往返出事海域絕對沒問題。」

「很好，非常好。」南森滿意地説，他看看外面，天已經臨近黃昏了。

「南森博士，我們準備給你們配備一名駕駛員，還有一至兩名隨行警員協助……」那警官接着説。

「絕對不行。」南森擺擺手，「如果在陸地，我們有時候會同意這種協助，但是在海上，實在太危險，你們是普通人，不會魔法，在陸地遇險能撤退向任何地點，可是在大海上，你們的活動區域只能在輪船上，一旦有事逃無可逃。所以我們會自己開船去，我有船舶駕駛執照的。」

「我們的博士連航母都會開。」派恩跟着說。

「那要是這樣，也好。這艘船是高科技的科學考察船，駕駛系統有人工智能的，初學者簡單培訓一下都能自如駕駛。」警官說，「請放心，船上有足夠一個月的淡水和食物……」

「有博士在，還有我這個天下第一超級無敵魔幻小神

探，破這個案子用不了一個月的。」派恩非常得意地說。

「你不吹牛這一天應該是過不下去的。」本傑明看看派恩，非常不屑。

「我們現在就去登船，現在就算是一路全速前進，到達案發海域也要兩天時間，我們去船上休息，爭取到達案發海域後以飽滿的精神投入偵破。」南森說，他的語氣很堅定。

魔幻偵探所一行人乘坐警車又來到珀斯港，在那名警官的引領下，他們登上了風信子號，這條船通體白色，略微有些舊。船長也來到船上，他是不能前往的，但要向南森講解這條船的基本情況，在船長的帶領下，南森熟悉着整條船的情況。

珀斯港已經進入了暗夜，甲板上所有的燈都打開，南森他們在甲板上走着，忽然，在甲板後，一艘停在甲板上的小型潛艇映入大家的眼簾，這艘潛艇有七米長，圓形，通體桔紅色，很是漂亮。

「這還有一艘潛艇呀。」南森摸着艇身，顯得對潛艇很感興趣。

「鬱金香號。」船長説，「下潛深度能達到一千米，不過你們要是覺得沒什麼用，可以把它卸在港口，這是我們進行深海科研用的。」

「留在船上吧，裝卸也要時間，我想儘快開船，早點趕到事發地點。」南森看看船長，「放心，整體情況我都了解了。」

「好的。」船長用力地點點頭，「祝你們一切順利。」

第三章　前往案發海域

進入暗夜的珀斯港，燈光點點，停泊在港口的船隻都亮着燈，海面映射着這些燈光，遠處的海面上，一艘巨大的貨輪正在駛過海面，天空中的點點繁星和港口的燈光渾然成為了一體。

風信子號的船長和警官都下了船，駕駛室裏，南森嫻熟地打開了操作面板，隨後拿起了對講電話。

「珀斯港港務中心，風信子號現在出港。」

「風信子號，可以出港。」對講電話裏傳出調度員的聲音。

風信子號的發動機開始轟鳴，船身隨即一動，開始出港。本傑明和派恩、保羅站在甲板上，看着海面，他們都很激動。駕船出海探案對他們來講很是新鮮。

「魔幻偵探所號，現在這條船是魔幻偵探所號。」派恩看看身後距離越來越遠的碼頭，説道。

「啊……」本傑明習慣性地想反駁什麼，但是隨即點點頭，「同意。」

駕駛室裏，南森握着駕駛舵，海倫就站在他身邊。

「完全不用人工操作，現在就能選擇自動駕駛模式。」南森説着，點了操作面板上的一個按鍵，手鬆開了駕駛舵，「海倫，你們一定很累了，都去休息。」

「博士，你去休息吧，我在這裏看着，不是要兩天才到達嗎？」海倫説，「這船自動駕駛，衞星導航，航行中有什麼事我去叫你，來得及。」

「你們不用爭了。」保羅跳在駕駛台上，「你們都休息，我反正不用休息的，我來看着，有什麼事我就按警報鍵。」

保羅的建議不錯，南森看了看遠處的大海，船已經駛出了港口，海面很平靜，前方也沒什麼船隻。連續的奔波，南森他們的確都感到很疲憊了，駕駛台這裏就交給保羅了，而且船員休息艙就在駕駛艙下面，上駕駛艙很方便。

風信子號出航後，本來已經有些疲憊的本傑明和派恩都興奮起來，他們在甲板上跑來跑去，這艘船現在屬於他們的了。

接下來的行動其實充滿風險，為了能應對這種風險，必須有很好的精神狀態，南森和海倫把他倆拉到了船員休息室。船員休息室一共十個房間，他們各挑一間，立即進去休息了。

風信子號孤獨地航行在印度洋那一望無際的海面上，一切風平浪靜，不過這種寂靜，每每和即將到來的翻江倒海一般的事態發展成強烈的對比，魔法偵探們都是有很多次的親身感受的。

第二天一早，本傑明很晚才起來，他看看牆上的掛鐘，已經快十點了，連忙起牀洗漱，隨後來到駕駛台，駕駛台裏，南森正和保羅説着話，一切看起來都很平靜。本傑明這才想起要去欣賞印度洋的美景，昨晚周圍一片漆黑，看不清海面，此時呈現在他眼前的是一片奪目的藍天碧海。

「本傑明——到上面來——」海倫的聲音從駕駛艙上傳來。

本傑明走出駕駛艙，駕駛艙上方，有一個觀測平台，海倫就在上面。本傑明上到觀測平台，這裏是風信子號的最高點，從這裏看過去，四下全是茫茫大海，藍色的天和藍色的海已經接連為一體，太陽照在身上，感覺暖洋洋的，本傑明的感覺好極了。

「真想這是一次度假呀。」本傑明伸了伸雙臂，隨後手扶欄杆，看着遠方。

「現在算是度假吧。」海倫說，「到達案發海域之前。」

「嗨，你們都在這裏呀。」派恩的聲音傳來，他也上到觀測平台，「哇，風景很不錯呀……」

「噢，派恩，你總算醒了。」海倫說，「博士說不要叫醒你們，這兩天要儘快把精神調整到最佳狀態。」

「嗯，精神不好也沒事。」派恩走過來扶着欄杆，隨後指着正前方，「我們是要去那片海域嗎？魔怪就在那邊嗎？嗨——我天下第一超級無敵魔幻小神探來啦——魔怪在我的面前發抖吧——」

派恩忽然很有感情地大喊起來。

「看不到的，還早着呢。」海倫笑着說。

「你這麼突然叫喊，讓我先發抖了。」本傑明很是不滿地說。

「那你就是魔怪啦。」派恩說着漫不經心地向四下看着，「風光可真不錯，啊——啊？」

突然，派恩愣了一下，他的頭望着船的尾部方向，他的眼睛猛眨兩下。海倫和本傑明都沒有注意到他的這個表現。

「好像有條船跟着我們——」派恩大喊起來，「怎麼

又不見了——」

這句話立即引起了海倫和本傑明的關注，他倆一起轉過身去，看着船的尾部，但是什麼都沒有看到。

「哪有船呀？在哪裏呢？」本傑明疑惑地問。

「就在那裏呀——」派恩指着船尾方向，「11點位置，距離我們大概有近百公里的距離，剛才有個閃光，亮了一下，像是船上窗戶的反光，現在確實看不清了，陽光太刺眼了。」

的確，因為萬里無雲，陽光照射在海面上，遠處到處都泛着白光亮點，無論從哪個方向看大海，都已經和藍天連接在一起，甚至海平線都不那麼明顯了。

「近百公里？」本傑明想了想，「噢，這樣的能見度，的確能看那麼遠，甚至更遠，可是船呢？船在哪裏？我滿眼都是亮點。」

「也許是橫向路過的船……」海倫看着遠處的海面，「近百公里的船也就是一個小點點，融進這反射陽光的海面裏，確實很難看到。」

「嗯，是這樣的。」派恩聳聳肩，「也許我眼花了，海面反光有些強烈，我把亮點看成玻璃反光了。」

「你經常眼花的。」本傑明不滿地説，「你還經常大驚小怪的，噢，影響了我欣賞海洋風光的好心情。」

「好了，我們下去吧。」海倫說，「看看今天博士有什麼安排。」

三人一起下去，來到駕駛艙。南森看他們精神恢復得很好，很是高興，他自己也休息得不錯。海倫問南森今天的安排。南森手握着駕駛手柄，先是想了想，然後看看大家。

「明天晚上才到達案發海域，我本想今天中午開個討論會，不過你現在問起來嘛，正好在駕駛艙，我發現這個案件中一個以前可能有所忽視的環節……」南森不緊不慢地說。

大家立即都看着南森，整個駕駛艙裏安靜極了。

「早上我在這裏駕駛這條船的時候，忽然想到，三個遇害的駕駛員，也就是三個船長最後時刻都向陸地發出了求救信號，其中一個直接說有幽靈登船殺人。」南森說着頓了頓，「那個作案的魔怪登船，一定是先登上甲板，輕鬆地、沒有一絲聲響地先殺害駕駛員和甲板上的船員，再去殺害休息艙裏的船員，但是這個魔怪明顯是先殺害了休息艙裏的船員，又殺害了甲板或駕駛艙裏的其他船員，最後才殺害駕駛員，而且弄的動靜一定很大，目的就是讓駕駛員知道並呼救，這個表現非常明顯，以它的能力，可以輕鬆殺害所有船員而毫無聲息。」

「這個……」海倫想了想，「好像也符合它的作案特點，它還故意留下紙條呢。」

「留下紙條是一方面，但是這種迫切心情……」南森若有所思地說，「駕駛員呼救後陸地一定立即前來，如果毫無聲息地殺害全體船員，船隻雖然有自動駕駛系統，但畢竟沒有人處理突發情況，觸礁沉沒、漂到無人島擱淺都有可能，如果沉沒，陸地上的人也就找不到紙條了。以前我們認為，留下紙條是魔怪在向執法機構示威，歷史上的確有這樣的兇手，行兇後留下名字進行公然挑釁，但是從魔怪這種讓駕駛員通報後才下手的特點，有一種不為察覺的潛台詞，那就是……傳遞！」

「傳遞？」海倫連忙問，派恩似乎更加疑惑了。

「對，就是傳遞。」南森進一步說，「這個魔怪急着向外傳遞着自己的資訊，而且是通過人類之手，它這樣做一定有自己的目的，只是我們不知道它這種急着暴露自己的目的是什麼，留下『飛行的荷蘭人』的紙條的目的絕對沒有挑釁執法者那麼簡單。」

「不是單單的挑釁行為，還有其他目的？」本傑明先是低着頭，隨後抬頭問。

「是的。」南森說，「如果是這樣的話，那麼我們要特別小心了，現在手上的證據少，我們無法推斷出魔怪這種反常做法的目的……另外，我已經通過陸地和瑞典的魔法師聯合會取得了聯繫，他們那裏有一份魔法師的匯報，簡單描述了二十年前的遊輪幽靈事件，那個事件的案發地距離我們前往的案發地的確只有一千公里。因為不是被指派前往執行任務，只是偶遇，所以魔法師這份匯報很簡單，就是說在遊輪上發現一個幽靈，擊斃或擊傷了它，幽靈最後跌入大海，但不能確定幽靈最終是死是傷。」

「幽靈是什麼樣子，報告裏描述了吧？」海倫連忙問，這可不是出於好奇。

「噢，可能要讓本傑明和派恩失望了，幽靈只有一米六十厘米高，身體也比較瘦，人形人貌，深目長鼻，沒什麼特別突出的地方。」保羅說道。

「噢，確實。」本傑明有些遺憾地說，「我還以為是一個船長模樣，高大威猛，一隻眼帶着眼罩，一隻斷手裝上了一個鈎子，飛行的荷蘭人嘛，總要有個樣子。」

「我也覺得那個魔怪應該是本傑明說的樣子。」派恩跟着說，他的樣子也有些失望。

「你們這是影視劇看多了。」保羅說。

「匯報裏還提到，幽靈的魔力較高，遇到魔法師後想逃脱，一位魔法師使用定身咒把它鎖定在船舷前，但是定身咒似乎被它解開了，另一個魔法師立即出手擊中它，它翻下船舷落入大海，此時船還在航行，魔法師們也無法下船檢查，所以……」南森説着看了看外面的海面，「這個幽靈最終是否被擊斃也不得而知。」

「相距一千公里，要是沒被擊斃，倒有可能和我們要找的是同一個呀。」海倫也看看海面，「但是兩者間的證據……」

「抓到就知道了。」派恩有些不在乎地説了一句。

「沒那麼簡單。」海倫轉頭看看派恩，「根據博士剛才説的，我們確實要小心。」

「我覺得這個案件很順利就破獲的概率是……百分之五十。」保羅搖着尾巴説，「這是我最新統計的結果。」

「和沒説一樣。」本傑明聳聳肩。

「到達案發海域後，我們要特別小心，船首船尾、左右兩舷都要安放好幽靈雷達。」南森認真地説，「儘快找到它，抓到它，這個幽靈危險性太大。」

風信子號全速前進在海面上，一步步地向案發海域接近。

第四章 醒目的船

第二天，海面上的氣象完全不一樣了，藍天美景不見，天空烏雲密布，海面上起了九級以上的風浪，大海展現了它的另外一面，波濤上下翻滾，拍擊着風信子號的船身。海倫他們全都進到駕駛艙裏，風信子號船身不算大，搖擺程度比那些巨輪要大很多，還好海倫他們都是魔法師，沒有出現暈船的情況，但是身體晃來晃去，走路都走不穩，感覺很不舒服。

「……這裏，我們就在這個暴風氣團的最強烈區域。」南森指着駕駛台上的雷達熒幕，「我們爭取儘快駛離這個區域，大家的感覺也會舒服些，晚上我們就要進入案發海域了。」

「要到傍晚前才能駛出風暴區。」保羅計算着時間。

「海倫，你們都去休息室躺着。」南森轉身對海倫他們説，「少説話，保存體力。」

「我來替你一會吧，博士。」海倫的身體隨着船體搖晃着。

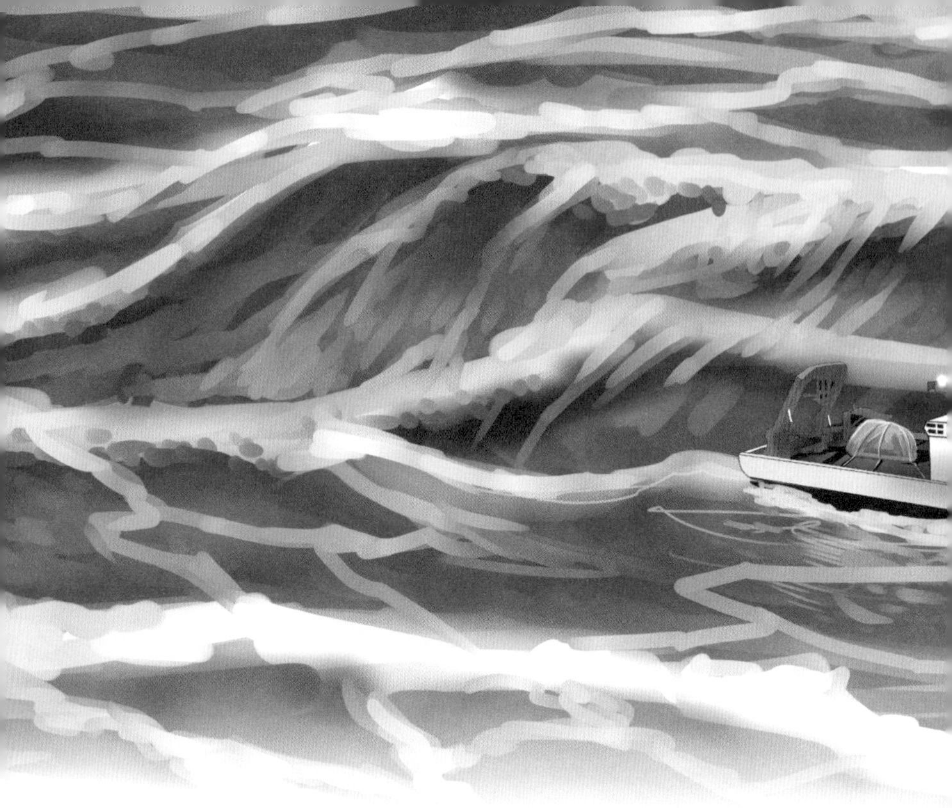

「不用，我看看怎麼能快點開出風暴區。」南森大聲地説，外面的風浪聲實在太大，駕駛艙裏説話都是要喊的。

保羅的計算很是準確，傍晚前，風信子號駛出了風暴區，不過受這個風暴的影響，海面只是比剛才平復了些，雨水倒是沒有了。

本傑明來到船首，他扶着欄杆，前方的海面波濤依舊翻滾，整個海面呈現出灰暗色。再開兩、三個小時，他們就進入案發海域了。本傑明在尋找，彷彿憑肉眼就能看到

那個躲在海面下的幽靈。

「……到了那裏，先要測量具體的海底深度，幽靈不可能一直懸浮在海中，它的巢穴會安置在海底。」南森已經向保羅布置一會要完成的任務了，「船上的航海資料雖然有寫到，但是太籠統，用你的聲納現場探測更加準確。」

「好，正好一起把那魔怪找出來。」保羅説，「其實我現在就開啟了魔怪預警系統了。」

説着，保羅向大海方向射出了兩道探測信號，儘管他知道這大概是徒勞的。

越向前行進，風浪就越小，船身平穩了很多。此時，天已經暗了下來，南森看着航海圖，他們已經在案發海域的邊緣了。

「全體集合——」南森按下駕駛台上的話筒按鈕，對着話筒說道。

船上安裝在各個地方的揚聲器都傳出了南森的聲音，本傑明從船首，派恩從休息艙，海倫從後甲板，一起來到了駕駛艙。

「再行進十公里，我們就要進入案發海域了。」南森吩咐道，「現在開始懸掛幽靈雷達，然後都回到駕駛艙就位，做好應戰準備。」

三個小助手答應一聲，拿上已經放在駕駛艙的幽靈雷達跑了出去，他們在船身的前後左右安裝了四台幽靈雷達，然後全都回到了駕駛艙。

天色已經完全暗了下來，前方的海面比較平靜，但呈現着一片黑濛濛的景象。風信子號全速駛進了案發海域，從駕駛台的航行熒幕上看，風信子號是一個白色移動光點，案發海域則被標注為一個紅色的光圈，其中三條船的案發地點被標注為綠色，風信子號的目標是三條船隻出事位置連線後的中心位置。

海倫他們在駕駛艙裏，保羅來到觀測台上，他有規律地向四面發射着探測信號，他已經探測出，這片海域處於一處平緩的海牀上，海牀距離海平面大概一千五百米。而在這樣毫無障礙的探測環境下，保羅又將魔怪預警系統進行了加強處理，探測信號完全能夠到達海底的海牀。

風信子號向目標點前進，進入到案發海域後，一開始海倫他們還都比較緊張，但是過了半個小時，一路搜索無果，他們也都平緩下來，隨即而來的，是派恩的焦急。

「沒那麼容易找到的。」南森看看派恩，「你看案發海域的面積，將近兩百平方公里呢，我們的航向就是一條線，一下子就找到它的概率不會大的。」

「那要在這個海域反覆行進了嗎？」派恩問，「這要什麼時候才能找到它呀？」

「有辦法的。」南森微微笑了笑。

保羅在觀測台上，繼續警惕地發射着信號，但是一直沒有任何回饋，四台幽靈雷達如果發現信號，也會立即發出警報。此時的風信子號距離目標點越來越近了，海面已經完全平靜下來，烏雲散去，漫天出現了點點繁星，映射在海面上，整個海的畫面非常靜美。

「如果那魔怪覺得我們是路過的船隻，應該也會上來作案的。」本傑明從舷窗向外看去，「無論出於什麼目的，它連害了三條船的人，不會停手的。」

「『飛行的荷蘭人』！怎麼還不出現？」派恩着急地走來走去，他已經外出檢查幽靈雷達三、四次了。

風信子號無聲無息地劃向目標點，從高空看海面，幾乎都感覺不到它的存在，天空中出現的繁星反射在海面上，風信子號上的幾盞燈，並不十分的明亮，完全融入到那些反射的繁星之中。

半小時後，風信子號到達了目標位置，南森把船停了下來。船靜靜地停在海面上，海上此時連一絲風都沒有，靜得有些可怕。

保羅在停船後跑了下來，一進來就告訴南森，一路搜索也沒有發現任何魔怪跡象。幽靈雷達也是一樣，派恩和本傑明在左右兩舷，伸頭看着海面，似乎這樣就能看到海底的魔怪似的。

南森先是看看駕駛台上的航行熒幕，又把航海圖拿過來看了看。海倫和保羅看着南森，下一步該怎麼樣展開，他倆也不是很清楚，不過他們都相信南森一定有辦法。

南森推門出了駕駛艙，徑直走到船舷旁，他把身子探出船舷，向海面看了看。本傑明就在南森的身邊，也跟着向海面看。

「我從遠處看看這條船。」南森忽然對本傑明說。

本傑明似懂非懂地點點頭。這時，南森唸了一句魔法口訣，他的身體一下就漂浮起來，南森一個縱身，身體飛出了船舷，然後向海面方向前行了幾十米，本傑明被南森的這個舉動給驚呆了，他不知道南森為什麼要飛到海面上去，本傑明當然能確定，海面那邊沒有發現魔怪。

南森飛行了大概一百多米後，停了下來，他懸浮在海面上，從遠處看着風信子號，風信子號停在那裏，好像睡着了一樣。這時，本傑明跟着也飛了過來，跟着南森一起看着風信子號。

海倫抱着保羅和派恩此時都站在船舷旁，保羅還對着遠處的南森招招手。南森在這邊笑了笑，隨後拍拍本傑明，飛回了船甲板，本傑明也飛了回去，這樣長時間地懸浮，也是比較耗費法力的。

「我們能把那傢伙找出來。」南森說道，然後對甲板上的小助手們說，然後向駕駛艙走去。

海倫和派恩相互看了看，都露出驚喜和笑容，南森應該是找到了什麼辦法，他們連忙跟着南森進到駕駛艙。

為什麼「飛行的荷蘭
人」沒有出來襲擊風
信子號？

「其實按照常規辦法，我們接下來的一步就是在這個海域進行拉網搜索。」南森說着指了指北面，「案發海域的北面我們還沒有去，僅僅一次的拉網搜索我們也沒有完成。」

「就是航行到了北面，也不一定能有什麼發現，這個海域太大了。」派恩有些垂頭喪氣地說。

「沒錯，接下來的搜索，我們要在這個海域來回航行，這當然能增大找到魔怪的概率，但是能增大多少，我想可能不算高，畢竟我們只有這一條船，工作量太大了。」南森說着指了指腳下，「我們有這裏的水深資料，保羅也進行了實測，這裏的海牀距離海面有一千五百米，當然不同地點會有不大的差距，但是無論如何，這個距離都達到了幽靈雷達在這種最佳探測環境下的極限，保羅的魔怪預警系統信號也只是勉強探測到海牀上，這都無疑加大了我們搜索到魔怪的難度。」

「再調幾條船來？並排拉網……」本傑明看看南森。

「這個倒不用。」南森擺擺手，「其實有一點我曾說過，這個魔怪三次作案都是主動出手，還留下紙條，急於向外傳遞什麼。國際海事組織已經對這片海域發出了禁行指令，所以沒有其他船隻來，魔怪正等着第四艘船下手呢，也就是說，它或許也在找我們。」

「噢，殺害我們後再留下紙條。」派恩說着用力揮揮手，「那就讓它來吧！」

「你們看……」南森說着用手指着航海圖，「這條航線以前曾經比較繁忙，來往的貨輪、漁船都很多，三艘船案發的當晚，都有其他船隻在這條航線上，而且距離也不算遠，為什麼只有案發的三艘船遇襲呢？」

說着，南森環視着大家。

「也許是這三艘船……」海倫很不自信地說，「比較……搶眼……」

「沒錯！」南森讚許地看了看海倫，「三艘船的船體全是白色的，加上夜晚的燈光映射，從海底看上去，我是說從魔怪的視角看上去，就能看到一個白色的亮點，如果船身是黑色或其他深顏色，看上去就不那麼明顯了。」

「博士，你是說魔怪也許視力不那麼好，當然，這也許是它在深海的緣故，所以它從海底能看到的是船體明亮的船隻。」本傑明明白了南森的意思，「剛才你飄到船身外觀察，我也去了，確實，我們開燈不多，從　百米外看都不那麼明顯了，何況從海底看。」

「沒錯，我們的船不那麼明顯。」南森滿意地說，

「不過剛好我們這條船就是白色船體，雖然老舊了一些，船體略發灰，但我們依然可以加亮船身的外觀，讓它更明亮一些，吸引魔怪的注意……現在，我們把船上能開的燈全部打開，讓左右兩舷的大燈直接照射海面，海水會把燈光再反射到白色船身上，這樣會很醒目。」

「我們還可以再弄出點動靜來。」保羅建議道，它指着駕駛台，「可以拉響船笛，聲音能傳到水下一定的距離呢。」

「一直拉響汽笛有些怪異，可以隔段時間拉響一次，魔怪也許能聽到。」南森説着猛地揮揮手，「好了，就這樣辦，開始吧。」

駕駛台這裏，通過操作鍵能控制船上的幾盞大燈開關，南森把這些大燈全部打開，角度能調整到照射海面的就全部照射海面，海倫和本傑明來到觀測台上，那裏有四盞大燈，全部需要手動開關和調整角度。海倫他們把這四盞燈全部打開，照向海面。

派恩跑進了休息室，把休息室的燈也全部打開了，燈光從船身兩側的舷窗透射出去。此時，風信子號燈光齊射，尤其是照射在海面上的燈光又被海水反射在船身上，使得風信子號通體發白並閃亮，從高空看下去，風信子號在海面上甚至有些刺眼。

南森在甲板上看了看通體發亮的風信子號，讓保羅再到觀測台上去發射探測信號，隨後走進了駕駛艙。

「嗚——嗚——嗚——」南森長按汽笛，風信子號的汽笛聲傳出很遠，他再次開船，風信子號向北駛去。

南森一開航就全速前進，他看着航海圖，似乎思考着什麼。

第五章　放煙花

保羅開始向海面下發射探測信號，這時，本傑明和海倫走了上來，本傑明手裏拿着幾支長長的東西。

「保羅，有什麼發現？」本傑明上來就問。

「沒有，剛起航幾分鐘。」保羅說。

「我來助助興。」本傑明晃了晃手裏的東西，「這是船隻遇險的救援煙花，我來放上幾支，弄得動靜再大一些。」

「當年鐵達尼號沉沒前就有船員放救援煙花，附近船上的人也看見了，不過以為是鐵達尼號上的人在娛樂，就沒當回事，沒去救援。」保羅看着本傑明手中紅色的救援煙花，「我們要是放這個，不會有別的船趕來救援吧？這比汽笛動靜大多了。」

「放心吧，博士同意了，他和陸地聯繫過，我們周圍現在沒有其他船隻，再說……」本傑明說着把一支煙花平放在地上，煙花的頭部稍微探出觀測台，「我橫着放，向海面放，魔怪在海裏，放到天上它看不見聽不到。」

說着，本傑明打開救援煙花尾部的導火索，導火索將近半米長，本傑明拉斷導火索的尾部，然後閃到一邊，導火索立即冒出火花，隨後快速燃向煙花的尾部。

「嗖——」的一聲，煙花被引燃，隨後拖着長長的火焰急速平射向海面，「轟——」的一聲炸開，海面上頓時出現一個紅色的火花球，炸散開的煙花碎片，閃着亮光，緩緩地落向海面。

「真漂亮——」海倫看着遠處炸開的煙花，讚歎道。

「我也要放一個。」派恩說着從舷梯爬上來，「本傑明，給我放一個……」

「就知道玩，我這是工作呢。」本傑明說是這樣說，還是遞給了派恩一支長長的煙花。

派恩興高采烈地接過那支煙花，本傑明讓他換一個方向，派恩把那支煙花對準風信子號左舷的海面，發射了出去，煙花又在海面上炸出一個紅色的火花球，並發出巨響，隨後緩緩下落。

「這下可熱鬧了，魔怪應該能聽見或看見了吧。」派恩很興奮，他又要了一支，「來，這支我要發射進大海裏，炸那個魔怪。」

派恩找來了一塊木板，墊在煙花的後半部，讓煙花的頭部對準了船尾的海面，然後拉燃了導火索。煙花飛快地發射了出去，並直接鑽進海裏，因為落海受潮，這枚煙花並沒有炸響。

「看看你，浪費了一支。」本傑明抱怨起來，「角度不要調得那麼大，直接鑽進海裏怎麼爆炸呀？」

「那你來放。」派恩不高興地說。

本傑明不客氣地把一支煙花放倒，把木板墊在煙花的末端，然後趴下對着海面瞄準，又調整了一下角度。他拉燃了導火索，快步躲到一邊。

「嗖——」的一聲，煙花被引燃，直直地飛向海面，足有好幾百米，「轟——」的一聲，在海面上方十多米的地方爆炸，因為距離海面近，那片的海水都被爆炸聲震得晃了起來。

「看看，要這樣放。」本傑明得意地說，「煙花貼着海面爆炸，一定能驚動下面的魔怪，然後它就能看到到我們的船了。」

觀測台上，本傑明他們繼續放着煙花，南森把船向北一直開了十幾公里，再向前就要開出案發海域了。南森把風信子號轉彎，並把保羅叫到了駕駛艙。

「老伙計，有什麼發現嗎？」保羅一進門，南森就問。

「沒有。」保羅搖搖頭，「剛才本傑明他們對着海面發射救援煙花，現在也停止了，海倫說不能總是放煙花，再說煙花也不多了。」

「嗯。」南森點點頭，「老伙計，現在我們要正式在海面上拉網搜索了，魔怪一定住在海底的洞穴裏，根據海底情況，平坦的海牀上是不會有什麼洞穴的，海牀上高低起伏的山脈才會有洞穴，你用聲納測試過這片海域的海底情況的，哪裏有山脈，或是說出現洞穴的概率高？」

「這裏……」保羅一躍就跳上了駕駛台，駕駛台上有一張航海圖，保羅指着那張圖，「這裏有幾條海溝，旁邊就是一片小山，這個區域最容易出現海底洞穴……」

「好，先去這裏。」南森看着保羅指着的地點，那裏距離風信子號現在的位置有將近三十公里，「你上去告訴本傑明他們，過二十分鐘，發射幾支求援煙花。」

保羅答應一聲，跳下駕駛台，出了駕駛艙，上到觀測台。風信子號此時已經完全調轉了方向，並向新的目標地點疾駛。風信子號完全就是一顆海上移動的明珠，從十幾公里外看，還是那麼耀眼。

南森認真地看着航行熒幕，此時船的航行處於自動駕駛狀態，這樣南森可以去觀測四下海面的情況，他看着航海圖，再前進十分鐘就能到達新目標點了。

「博士——博士——」保羅突然推開門，他有些興奮，也有些緊張，海倫也跟了下來，「我剛剛抓到一個甚高頻信號。」

「甚高頻信號。」南森略微一愣。

「對，電台、電視台的發射信號頻率，航空、航海的溝通信號頻道。」海倫說，她也有些興奮，「保羅剛捕捉到的，信號持續了兩秒鐘。」

「這裏不可能有電台和電視台。」南森想了想，「航海溝通？這附近沒有船隻呀……」

「是的。」海倫連連點着頭，「很多魔怪的遠距離呼喚聲頻，也是甚高頻。」

「嗯，魔怪會用這種頻率呼喚同伴，雖然沒有能聽見的聲響，但同夥卻能感受到。」南森説着疑惑地看看海面，「可是這茫茫大海之上……」

「如果不是魔怪發出的，也有可能是路過的飛機發出的。」保羅説，「這裏暫時禁止船隻航行了，但是飛機是不受限制的。」

「對，飛機不受限制。」南森説着抬頭看了看空中，「當時有飛機經過嗎？」

「這個……」保羅有些犯難了，「我沒注意到天空呀，再説現在是晚上，飛機要是飛行在兩、三千米高空，是完全看不到的。」

「鎖定那個信號的來源了嗎？」南森問。

「突然一下，比較短暫，沒來得及分析信號就消失了。」保羅很是遺憾地説。

「如果是飛機，那麼接收到短促的甚高頻信號倒也正常。」南森説，「不管怎樣，一定要注意觀察海面，我們馬上就要接近海底洞穴區域了，讓本傑明按時發射煙花，如果再有甚高頻信號出現，及時分析，並馬上來告訴我。」

「是，我一定非常注意。」保羅說。

說完，保羅和海倫出去了，南森看着海面，眉頭略微皺起來，一副考慮問題的樣子。

「要是再發現甚高頻信號，問題就沒那麼簡單了。」南森喃喃地說。

說完，南森抬頭向外，看了看天空。天空一片平靜，繁星點點閃爍，夜空顯得很是燦爛。

「嗖——」的一聲，一支煙花飛向了海面，隨即在海面上炸開一個紅色的火球，海面上也頓時映射出一個火球，星星點點的煙花碎片緩緩地落向大海，本傑明他們又在觀測台上發射煙花了。

南森讓船一直保持着高速運行，如果駛過前方目標點而沒有任何發現，那麼南森就要選擇下一個方向。南森看了看航海圖，案發區域只有自己一艘船展開搜索，難度的確很大，但這是一個短時無法解決的問題。魔幻偵探們就是要獨自面對很多問題，也是他們破案時必須面對的。

「轟——」的一聲，又一枚煙花在海面炸開，本傑明他們又發射了一支煙花，這次的方向是風信子號的左舷。

南森看了看航海圖，他們此時就在有些複雜地形的海牀上面。就在這時，駕駛艙的門突然被推開，保羅和海倫跑了進來，南森看到了海倫臉上既驚又喜的表情。

「它來了——」保羅急促地說，「有個魔怪反應，正從海底慢慢地接近我們，初步分析就是一個幽靈——」

「準備抓捕！」南森立即說，抓捕方案都是事先設計好並經過演練的。

第六章　抓到了魔怪

說着，南森關上了幾盞船上的大燈，開着大燈是給海底的魔怪看，既然它已經發現了船隻，如果升到海面，看到這樣一條異常明亮的船，也許會起疑心，南森此時要讓這條船顯得正常一些。

本傑明和派恩也衝了進來，他倆各拿着一台幽靈雷達。

「博士，我們的幽靈雷達也鎖定魔怪了。」派恩一進來就報告說。

「好，按計劃，你們一個去前甲板一個去後甲板。」南森布置道，「一定要隱藏好。」

「是。」本傑明和派恩一起說。

本傑明去了前甲板，派恩去了後甲板，前甲板有一條救生小船，本傑明掀開帆布鑽了進去，然後把帆布蓋好。派恩躲到了後甲板的潛艇旁，那裏有個一米多高的機箱，裏面放着滅火器和救生圈，派恩彎腰鑽了進去，把機箱門關好。

駕駛艙裏，南森把燈光調暗，還戴上了一頂船長帽，若無其事地開着船，海倫變身為一個年輕船員，故意在駕駛艙裏來回走動着，保羅緊靠着艙門，探測着魔怪的一舉一動。

距離風信子號一百多米的海面上，稍稍地泛起了一些波瀾，隨後一個幽靈的頭冒出了水面，這個幽靈是人形，身材不大，頭也不大，它的眼目極深，膚色泛藍，從海中冒出後，它的身體沒有一絲水滴，頭髮看上去也是乾的。

風信子號上的燈光照射在幽靈的身上，如果是人類，海面上會有一個影子，但是幽靈身旁的海面上，沒有任何的影子，這也足以證明着它的身分——它是一個魔怪。

魔怪望着從眼前駛過的風信子號，它似乎看到了駕駛艙裏的南森，隨後非常自信地升出了水面。它外面穿着短身外套，款式很老舊，如果不是那泛藍的皮膚和兇狠的雙眼，它這個外表更像一個普通的人類。

魔怪出水後，快速地飄向風信子號，它速度極快，十多秒就趕上了風信子號，隨後它身體一躍，高高飛起後落在風信子號尾部右舷的甲板上。它靠着船舷，躡手躡腳地向駕駛艙走去。它經過了派恩隱藏的那個機箱，機箱在左舷，它和機箱距離有好幾米遠。派恩用幽靈雷達鎖定着登船的魔怪，沒有南森的命令，沒有打鬥的聲音，他還不能出擊。

「它過來了……」保羅靠在艙門前，他已經牢牢地鎖定了魔怪，魔怪是從船尾向中後部的駕駛艙行進的。

南森輕輕答應了一聲，但是眼睛一直看着前面，就像什麼都沒有發生。海倫繼續在船艙裏走動着，不過也不向船尾方向看，她知道，魔怪透過駕駛艙的窗戶，應該可以看到她和博士。

魔怪走到駕駛艙前，它身體貼着駕駛艙的外壁，停頓了幾秒，它沒有進駕駛艙，而是從駕駛艙後的甲板下到船艙裏，它明顯要去駕駛艙下部的船員休息室，從駕駛艙裏可以直接通往船員休息室，從甲板上也可以。魔怪對船的結構似乎比較了解。

保羅沒有説話，他指了指駕駛艙下面，海倫明白，魔怪去了休息室，一切果真如南森預測的那樣，魔怪先去休息室行兇，然後再到駕駛艙，不過休息室裏沒人，海倫在駕駛艙裏晃來晃去，就是要提示魔怪——船員此時在駕駛艙裏，這樣它就不會起疑心。在南森的旁邊，坐着兩個「船員」，其實這兩個「船員」是南森用兩個塑膠桶變化的，因為是固定物體變化的，所以一動不動，南森安排兩個「船員」低頭看船上的儀錶，這樣這條船上的船員就齊聚在駕駛艙了，否則魔怪進來，也會懷疑為什麼這樣一艘大船上只有船長和一個船員。

「一分鐘後它就會上來了。」南森壓低聲音，眼睛直視着前方，小心地提醒海倫，「一切按計劃進行。」

海倫點點頭，然後走到靠近艙門的地方，等着那魔怪進來。海倫身經百戰，此時並不緊張，不過有些擔心，害怕魔怪看出什麼而跑掉。

保羅忽然低聲咳了一下，隨即鑽到了駕駛台下的小櫃子裏。大家都明白，魔怪就要進來了。

「咔——」的一聲，駕駛艙的門被猛地推開，那個魔怪突然竄了進來，海倫驚叫一聲，連忙靠在牆壁前，魔怪一揚手，一道電光直射海倫。

「啊——」海倫驚叫一聲，痛苦地倒地。

魔怪立即對着兩個背向自己坐着的「船員」射出兩道電光，兩個船員一起倒地，叫都沒叫出聲。

南森驚恐地看着魔怪，魔怪也看着南森，它沒有揚手射擊，只是在距離南森三米遠的地方盯着南森，那深陷的雙目似乎要吞噬南森一樣。

「救、救命——」南森拿起了對講電話，大喊起來，「我們船上有魔怪呀——」

「嗖——」的一聲，一道電光射向南森，那電光命中了南森的身體，南森頓時倒在地上。魔怪陰森地笑了笑，從口袋裏拿出一張紙條，走到駕駛台前，拿起了對講電話。

「風信子號，請回答，你剛才在説什麼……」對講電話裏傳出陸地方面焦急的呼叫聲。陸地方面，其實早就得到南森的通知了。

魔怪把紙條用對講電話壓好，然後輕蔑地看了一眼那對講電話，對講電話裏一直有呼叫聲傳出，魔怪轉身就向外走去。

「好了，別喊了，我們這裏沒事。」一個聲音突然從魔怪身後傳了出來。

魔怪當即就愣住了，它連忙轉身，看到「船長」已經站了起來，船長放下手中的對講電話，看着魔怪，隨後把上衣掀起來，從他的衣服裏，飛出來一面懸浮的小盾牌，盾牌的上面，有一個黑點，那就是剛才電光命中的地方。

「『飛行的荷蘭人』。」南森拿起紙條，唸了起來，隨後看看魔怪，「我們見面了，飛行的荷蘭人。」

魔怪大吃一驚，這時，它忽然發現兩個倒在駕駛台前的船員變成了兩個塑膠桶，它感到身後有什麼動靜，再回頭一看，第一個被射中的船員也站了起來，盯着自己，隨即，這個船員變成了一個小女孩，當然，魔怪明白，這不是一個普通的女孩，她一定是個魔法師。

南森沒動，海倫則向前走了一步，魔怪被前後包夾住了，這時，一隻小狗又從駕駛台下的櫃子裏鑽了出來。

「你們……你們算計我……」魔怪突然開口了。

「對，我們算計你。」海倫又上前一步，「因為你殺人了。」

魔怪判斷出南森更加厲害，它一轉身，對着海倫猛出一拳，海倫連忙一閃，魔怪奪路而逃。

「咔——」的一聲，早有準備的海倫一腳就踢在魔怪的腰上，魔怪當即被踢到牆壁上，反彈回來，差點摔在地上。這時，南森也衝了過來，魔怪剛抬起頭，南森一掌就劈了下來，魔怪伸手一擋，它的力氣很大，居然把南森的拳頭擋開，南森還被慣性推着倒退了一步。

海倫一拳打過去，魔怪擋開海倫的拳頭，此時它平穩下來，不急着跑了，並開始和南森他們過招。魔怪伸手極其敏捷，加上身材瘦小，南森和海倫很難打到它，它卻不失時機地連續反擊了幾次，還打中了海倫一拳。

「哇——哇——」保羅在周邊轉着圈，想撲上去咬魔怪，但是一時難以接近，只能先助威，「打它——打它——」

海倫急着擊敗魔怪，連連出招，她發力揮拳打向魔怪，魔怪一閃身，找到一個空擋，反手一拳又打在海倫身上，這拳打得較重，海倫叫了一聲，猛地倒退幾步。不過這下保羅找到機會了，他撲上去抱住了魔怪，一口就咬了上去。

「啊——」魔怪根本就沒有防備保羅，它痛得大叫一聲，抬腳就把保羅甩了出去。保羅撞在駕駛台上，隨後落在地上。魔怪氣急敗壞，「嗖——」的一聲，向保羅射出一道電光。

「小心——」海倫連忙叫道。

保羅飛快地閃身，那道電光擦着他的後背射在底板上，底板上頓時被射出一個小坑。

南森看很難打到魔怪，他忽然唸了一句魔法，他的兩個手掌突然擴大了五、六倍，隨後像兩個超大的棒球手套那樣拍向魔怪，魔怪身材瘦小的優勢頓時沒有了，這樣大的手掌拍過去一定能打到魔怪。事實也是這樣，南森第一揮，就打在魔怪身上，它頓時翻倒在地，不過它隨即一躍而起。

「仙人掌身——」魔怪唸了一句魔法口訣，它的身體上突然長出許多尖刺，就像仙人掌一樣，根根尖刺對着外面。

南森的又一掌就要拍過去，看到魔怪長出尖刺，連忙收手，海倫也是一樣。魔怪則很是得意。

「鋼鐵手掌——」南森也唸了句口訣，他那巨大的手掌突然變得像金屬一般，還閃着金屬光澤。

「呼——」的一聲，南森變成鋼鐵般金屬的巨掌猛地拍向魔怪，魔怪根本就沒有想到這招，躲避是來不及了，「啪——」，魔怪被南森拍中，那些被拍中的尖刺立即彎折，魔怪則被重重擊中，身體橫飛出去。

南森衝上去，想一腳踩住那魔怪，海倫也取出了綑妖繩，這時，魔怪身體突然浮起，並急速旋轉，南森只能收腳，否則踩上去就會被帶倒。魔怪突然停止旋轉，起身後推門向外跑去。

南森他們連忙追了出去，魔怪向後甲板跑去，它想從船尾跳入大海。魔怪還沒有跑到船尾，突然空氣中一拳打來，正中魔怪胸口，魔怪慘叫一聲，倒退幾步後摔在地上。

空氣中，派恩的身形逐漸顯露出來，按照計劃，他隱身守在後甲板，就等着魔怪出來，突然一擊。魔怪剛才加速奔逃，狠狠撞在派恩出擊的拳頭上，相當於受到雙重打擊，倒地後它根本爬不起來，一隻手還捂着胸口，呻吟起來。

「想從我天下第一超級無敵魔幻小神探這裏通過？」派恩慢慢收起拳頭，得意極了，「做夢！」

南森走過來，按住了魔怪，海倫飛快地用綑妖繩把魔

怪綑起來，保羅在魔怪身邊歡呼雀躍，還算順利地抓到了魔怪，大家都很高興。

「本傑明——」海倫把魔怪綑好以後，大聲喊道，「別藏着了，出來吧——」

「我去叫他。」保羅搖晃着尾巴，向前甲板跑去。

保羅到了前甲板，大聲地呼喊本傑明的名字，本傑明已經從船首跑了過來。

「聽見了，聽見了。」本傑明邊跑邊説，「看看，不用我出手就抓到了魔怪了，我來看看魔怪長什麼樣子。」

「也就那樣，沒什麼稀奇的。」保羅不緊不慢地説，「喂，你慢點跑呀，魔怪跑不了的。」

説着話，保羅忽然發現左側船舷一百米處，似乎有個黑影正在快速向這邊駛來，他一愣，仔細一看，的確有個什麼東西在海面上。

船尾，本傑明已經跑到被抓住的魔怪身邊，他們四個人都圍在魔怪身邊，魔怪側躺在地上，垂頭喪氣的。派恩用腳踢了踢它，還問它叫什麼。海倫建議把它帶進船艙裏審訊。

船首，保羅想跑到船舷邊看清楚，他感覺有些不對，這時，他突然看清海面上有另一條船，比風信子號小一半多，燈光也全部熄滅，黑壓壓地向這邊疾駛過來，保羅的魔怪預警系統，也捕捉到一個信號。忽然，船上有個什麼東西一閃，有個東西射了過來，保羅知道不妙，大喊着向船尾跑去。

「博士——小心——趴下——」

第七章　襲擊

保羅的聲音傳到了船尾，南森他們一愣，隨即按照保羅的喊聲想要趴下。這時，那艘船上射過來的東西已經急速下落，砸向風信子號的船尾，那是一枚炮彈一樣的東西，閃着亮光，速度極快。

「轟——」的一聲，炮彈一樣的東西在風信子號船尾距離南森他們六、七米的距離爆炸，剛剛做規避動作的南森他們躲閃不及，全部被炸倒在甲板上，風信子號的船尾甲板被炸出一個大洞，甲板上的碎屑亂飛，大多落入海中，甲板上一片煙霧。

「博士——」保羅被爆炸震得差點摔倒，他從前甲板快速跑向後甲板。

南森他們全都倒在地上，暈了過去，本傑明情況稍微好一些，他翻滾着，試圖爬起來，但是頭很暈，一時也爬不起來。倒是那個魔怪，因為一直躺在地上，只是被爆炸震得頭昏眼花，思維還很清晰。

本傑明掙扎着靠在船舷上，但是怎麼也站不起來。這時，保羅跑了過來。

「本傑明——」保羅看到本傑明靠在船舷那裏，情況似乎還好，他立即轉向南森他們，「博士——博士——」

南森的身體動了兩下，派恩也是一樣，海倫臉朝下趴在那裏，一動不動的。保羅急得在那裏亂跳。被綑着的魔怪則大力地扭動，明顯想要掙脱綑妖繩。

「他們口袋裏都有小瓶的急救水。」本傑明提示道，「保羅，拿給他們，快——」

這時，風信子號旁邊的那艘船急速地開了過來，距離風信子號還有十多米遠的距離，「嗖」的一聲，從那條船上飛過來一個黑影，黑影落地後，本傑明看清了，那也是一個魔怪，身高比被抓住的魔怪高一些，不過身體皮膚慘白，它的臉很長，面貌猙獰，不用過多分辨，本傑明知道這也是一個魔怪。

高個子魔怪跳上甲板後，朝着被綑住的幽靈飛跑過去。

「埃里克——」地上被綑着的魔怪此時激動萬分，它扭動着身子，「我知道你會來的——」

「費奇，這繩子能撐開嗎？」叫埃里克的魔怪問。

「不行，這是專門綑我們魔怪的……」叫費奇的魔怪大聲地説。

「那我們先走，之後再弄開。」埃里克説着抓着繩子把費奇提了起來，不過它突然身體一晃，手便鬆開了，費奇摔在地上，「啊——」

保羅剛才在給海倫掏急救水，埃里克跳上來後，沒注意到保羅，直接去救同夥費奇，保羅衝上去對着埃里克的小腿就是一口，咬得非常狠。

「去——」埃里克看到了保羅，一腳就把保羅踢得飛出去十多米遠。

保羅重重地撞在駕駛艙外壁上，隨後摔到甲板上。本傑明也看到費奇就要被救走了，但是他無能為力，巨大的爆炸震得他頭暈眼花，連抬手都很費力。

埃里克似乎很生氣，還想追過去繼續攻擊保羅，但被費奇叫住了他。費奇看到南森似乎要醒過來了。

「快走，埃里克，快帶我走，這裏不能久留……」費奇大聲地喊道，它唯恐南森他們醒過來。

埃里克連忙提起費奇，一個加速，身體騰空而起，飛出去十米後，落在風信子號旁邊的那條船上，那是一條漁船。

保羅掙扎着站了起來，晃了晃身子，他身體裏的檢測系統急速檢查了一遍，他的零件和所有作業系統基本完好。他快速向船舷跑去，因為他聽到了發動機的聲音。

埃里克駕駛着漁船，劃着一個弧線急速逃離現場，費奇被他劫走了。這時，南森似乎醒了，他半睜着眼，似乎還不是很清楚到底發生了什麼。

「站住——」保羅大喊着，「回來——」

那條漁船才不會理睬保羅呢，轉眼間漁船就開出了五十多米。

「好！不回來！」保羅咬了咬牙齒，「那就別怪我不客氣了。」

説着，保羅後背上彈出了追妖導彈的發射架，他弓起身子，四枚追妖導彈的彈頭都對着快速逃離的漁船。

「再遠點，再遠點。」保羅嘴裏唸着，他擔心近距離爆炸影響到自己這邊，看着那條漁船開出了一百米，他放心了。保羅知道，只需一枚導彈就能擊沉那條漁船，他完全鎖定了漁船，保羅大喊一聲，「發射——」

「嗖——」一枚追妖導彈對着漁船的駕駛艙就飛了過去，轉瞬間，導彈就射中駕駛艙的外壁後爆炸。漁船的駕駛艙當即就被炸開，濃煙火光沖天。

火光中，有個影子在光影中閃了一下，那是埃里克，只見它提着費奇，飛快地跳進海裏，保羅聽到了費奇的慘叫聲。保羅連忙想向海中再射出一枚導彈，但是就在這時，「轟——」的一聲，漁船的輪機艙發生了巨大的爆炸，爆炸氣浪射出了幾百米，衝擊到風信子號這邊來，保羅差點沒站住，他後退了幾步，雙眼被烈焰刺得幾乎睜不開了，連忙用前爪遮擋那強光。整個風信子號也被映得通紅。

十秒後，保羅再次走向船舷，想對跳進海裏的魔怪追射，但是兩個魔怪的反應越來越淡，最後消失了，保羅的第二枚導彈沒射出去，他判斷魔怪游向了海底。

漁船的輪機艙發生爆炸後，整條船幾乎被炸成兩段，海水隨即開始湧入，漁船開始緩緩下沉，不一會，漁船徹底沉入大海了。

「保羅——保羅——」本傑明有氣無力地呼喊着，「快點救博士——」

保羅連忙轉身跑向甲板，南森、海倫和派恩還都躺在甲板上，派恩似乎清醒了一些，正在掏急救水，保羅衝過去幫他把急救水掏出來，派恩連忙喝下一口，南森似乎也好了一些，他已經睜開眼睛了。此時只有海倫是一直昏迷的，根據魔法師的緊急救助處置規則，保羅知道孰重孰輕，他先跑到海倫身邊，從海倫的口袋裏掏出一瓶急救水，打開瓶蓋後，把海倫的頭側過去，把急救水給她灌下去，保羅又發現海倫的額頭有傷，於是把剩下的急救水全都倒在了傷口上。

本傑明終於能自己掏出一瓶急救水了，他喝了幾口急救水，頓時感覺更好了，他緩了幾秒鐘，隨後扶着船舷站起來。

本傑明走到南森身邊，把南森口袋裏的急救水拿出來，給南森喝下去。南森喝了以後，對本傑明點點頭，這時，派恩也爬起來了。

「剛才怎麼回事？」派恩走到海倫身邊，幫着保羅把海倫翻轉過來，「我……保羅，有人向我們扔炸彈了嗎？」

「魔怪有個同夥——」保羅說，「哎，先不說這個，再給海倫喝點急救水。」

派恩把自己的急救水都給海倫喝，然後就開始大聲呼喊海倫的名字，本傑明也把南森扶了起來，南森此時好了很多。

「喂——海倫——海倫——」派恩搖晃着海倫，「怎麼樣了？醒醒呀，我看到你在呼吸了，你沒事的——」

「本傑明，我們剛才遭到攻擊了吧？」南森緩緩地問。

「我看到一個閃光落下來，是一枚類似凝固氣流彈一樣的魔力炸彈。」本傑明說，「我想躲避但來不及了，你和海倫背對着那枚炸彈，更發現不了……博士，魔怪還有個同夥，炸彈就是它扔的，它還把我們抓住的魔怪劫走了，不過保羅追着它們發射導彈，把它們的船炸沉了，我看見了……」

「海倫——海倫——」派恩仍然大聲地呼喊着，「啊——你睜開眼了——」

海倫果然緩緩地睜開了眼，她一臉的茫然，對剛才發生的事全然不知，她的一切記憶都停留在爆炸前。她想説話，但是只能勉強張開嘴，聲音小到派恩認真聽也聽不清。

「海倫還好吧……」南森掙扎着站起來，被本傑明扶到了海倫身邊。

「好像在說感謝我救了她，所以要給我的遊戲卡充值……」派恩看看南森，隨後又看看海倫，「海倫，別客氣，真的不要客氣，先養好傷，充值的事以後再說……」

「……什麼充值……」海倫終於發出了能聽見的聲音，「我是說大家都好吧，誰攻擊了我們？」

「好，全都好。」保羅說，「我們被魔怪的同夥偷襲了，真是沒想到……」

「先把海倫扶到休息室去。南森連忙說，「大家也要檢查一下自己哪裏有傷。」

第八章　船隻受損

他們一起把海倫扶到附近的休息室，南森判斷海倫受到強大的爆炸衝擊，出現了較重的腦震盪反應，需要休息，她頭上的傷倒是不重。他們全都受到不同程度的爆炸衝擊，只不過海倫最重。

大家退出了海倫的房間，讓她好好休息。他們來到駕駛艙，保羅發現，駕駛台上的顯示熒幕有好幾個紅色的方框出現，並頻繁閃爍。

「線路故障。」南森説着按下發動機啟動開關，但是船一點反應都沒有，「船開不動了，剛才的爆炸震斷了線路，但願輪機沒什麼損傷。」

「後甲板都被炸開一個大洞，船一定受損了。」保羅跟着説，「這下好了，船開不動了，我們困在這裏了。」

「線路可以去修理一下。」南森説着看看海面，「現在的情況有些複雜，老伙計，你看到了事情的全過程，我們遇到的突襲是怎麼回事？」

「就是魔怪有個同夥，我們抓住的那個叫費奇，同夥叫埃里克，埃里克駕船來救費奇。」保羅比劃着，「噢，埃里克來救費奇的時候我沒有攔住，不過我把它們的船炸沉了……」

隨後，保羅把事情的過程詳盡地告訴了南森。派恩也是第一次聽到全過程，他聽完後立即大叫起來。

「哇——我們來的時候，我看見有條船跟着我們，一定就是埃里克的船。」派恩說着瞪着本傑明，「你們說我眼花，我天下第一超級無敵魔幻小神探怎麼會眼花？」

「你自己不也説眼花了嗎？」本傑明毫不示弱地説，「後來我們一起找你説的那條船，你也沒找到呀。」

「那條船應該和這次襲擊有關，還有保羅捕捉到的甚高頻信號，應該是埃里克也在找費奇。」南森做個手勢，制止了他倆的爭吵，「下次有一點異常，都要和我説。」

本傑明和派恩不再爭執了，他倆互相不滿地看了對方一眼，隨後都轉向了南森。

「這個埃里克的出現，絕對不是偶然。」南森低頭想了想，「我一直擔心費奇殺害船員並留下紙條的這個舉動，和埃里克的出現有直接關係，費奇的一切舉動就是在發出信號，通過人類媒體發出信號。而且看來它成功了，埃里克來了，還把費奇救走了。」

「我……」本傑明一副很疑惑的樣子，「不是很明白，費奇呼喚埃里克，用殺害船員的方式？這好像……」

「因為它們相隔甚遠。」南森説，「殺害船員，留下紙條，表明了身分，這些通過媒體的報道，讓在陸地上的埃里克知曉，沒錯，就是用這種辦法，然後埃里克駕船來找費奇，一切都説得通……費奇應該就是當年被瑞典魔法師擊下大海的幽靈，我們都看到了，費奇的長相和瑞典魔法師描述的一樣，注意，當時瑞典魔法師為了抓費奇，使用了定身咒，定身咒應該沒有被費奇解開，或者説徹底解開，所以費奇無法離開大海，便開始用這種狠毒又獨特的方式召喚同夥來救它。」

本傑明聽了這比較詳細的解釋，似乎明白了很多，他點着頭。派恩也在一邊點着頭。

「我推想的是一個基本脈絡，但是裏面有太多的細節我們還不清楚。」南森説，「現在的關鍵是，它們在哪裏？因為沒有了船，短時間它們跑不遠的，不過萬一埃里克幫助費奇解開定身咒，那麼它們就有可能逃之夭夭了。」

「博士，剛才它們跳海的時候，我聽見費奇的呼喊聲了，它一定被我炸傷了，而且傷得不輕，短時間內，即使解開定身咒也跑不了的。」保羅提醒道。

「好。它們目前的藏身處，可能就是費奇在海中的洞穴，它們在那裏療傷並計劃下一步的行動。」南森説着看看航海圖，「費奇的洞穴，應該就在我們現在所處的區域，我們剛才的一系列行動，把它從洞穴中吸引來，它儘管被抓，但我們也沒想到埃里克突然趕來……無論如何，我們所在這片海域的海底，就是它們的藏身之處，關鍵是如何找到它們。」

「我剛才向我們腳下的海區發了探測信號，沒有魔怪反應。」保羅說，「再遠一點我的信號就達不到了，現在勉強能直線到達一千五百米的海底。」

「這船不能動了。」南森說，他看了看駕駛台上的熒幕，「現在我們要儘快把這船修好，然後再繼續找魔怪，現在的範圍小了很多。」

「一定能再找到費奇的，剛才我們都成功了。」派恩很是遺憾地說。

「現在就開始行動。」南森果斷地揮揮手，「我和保羅檢查線路，修理這條船，本傑明，你用對講電話和陸地聯繫，把剛才發生的事告訴他們，特別要請他們查一下，珀斯港有沒有丟失一條漁船，如果有，請告知漁船的大小外形等。」

「博士，你懷疑埃里克是從珀斯港開船過來的？」本傑明問。

「很有可能。」南森說，「派恩，你負責警戒，前後甲板都要走一走，我不想再被第二次偷襲了。」

「我也不想。」派恩立即說，「放心吧，博士，埃里克再來，我來抓住他。」

「又來了……」本傑明看看派恩，隨後擺擺手，「算了，我還要去打電話……」

大家立即都忙碌起來，本傑明聯絡了陸地上的珀斯警察局總部，他們出海後，一直和珀斯警方保持着聯繫。南森帶着保羅來到甲板下，檢查被炸斷的線路。派恩則很認真地在前後甲板巡視着，他特別注意海面的情況，手中的幽靈雷達對着海面頻繁掃射，其實剛才埃里克前來偷襲的時候，幽靈雷達捕捉到了魔怪反應的信號，但是大家的關注點都在費奇身上，埃里克動作又迅速，大家才會被它偷襲的。

南森和保羅找到了兩根被炸斷的線頭，他們發現，船的動力傳動裝置也受損了。被炸斷的線頭可以連接起來，可是傳動裝置受損，缺乏必須的修理設備，輕則需要維修船隻前來修理，嚴重的要被拖到港口維修。

「博士——打完電話了——」本傑明的頭突然從炸開的甲板那裏露了出來，南森和保羅就在甲板下，本傑明看到了保羅很是焦急的樣子，「警方查到了，確實有一條漁船丟失，時間就在我們開船離開港口後的兩個小時，一條中型漁船，全長二十多米……」

本傑明把漁船的情況告訴了南森和保羅，保羅仰起了脖子細聽。

「就是這艘船，和我炸沉的完全一樣。埃里克很狡猾，把船的燈全部熄了再靠近我們，但是我們的船上有燈光，那條船的外形我看得很清楚。」保羅説，「哎呀，可惜那條漁船被我炸沉了，我們這條船的傳動裝置也修不好了，我們困在這裏了，別説找魔怪，回都回不去了。」

「不會的。」南森説着略微笑笑。

「啊？」保羅一愣，高興起來，「博士，你有辦法？」

「辦法其實就在船上，你跟我來，本傑明，你在甲板上等着。」南森説着向甲板上走去，「如果能把這條船修好，那是最好的，實在修不好，也沒有太大關係……」

南森和保羅來到甲板上，本傑明連忙走過去。南森帶着他們向後甲板走去，還沒有走到後甲板，本傑明就明白南森的意思了。

後甲板上，鬱金香號潛艇平靜地安置在甲板之上，潛艇的艇身上蓋着一層防水帆布。南森走過去，拉下一段帆布，鬱金香號的桔紅色艇身露了出來，那顏色很像盛開的紅色鬱金香。

「風信子號上的活動空間大，航速也比潛艇快，設備齊全，能修好是最好的。」南森摸着艇身，「修不好我們就可以使用這艘潛艇，它雖然空間小，航速慢，但是也有優勢，那就是能下潛很深，讓我們更容易找到魔怪。」

「可是博士，我知道你會開船，但是你會開潛艇嗎？」本傑明有些焦急地問。

「不會可以馬上學，潛艇上有操作手冊。」南森笑了起來，「現代的科技，都是智能操作，全部電子化，而且，我們的職業就是要有冒險精神呀。」

「我的系統和潛艇作業系統連接，我都能駕駛潛艇。」保羅倒是很認真地說，「現在我們要換乘了。」

南森讓派恩繼續警戒，帶着保羅和本傑明爬上舷梯，來到潛艇的艇身上，這艘科考潛艇沒有作戰潛艇上的艦橋，潛艇背部只有一些天線，外表看起來就像一個炮彈。潛艇的出入口就在艇身上部，南森拉開了艙蓋，艙蓋很沉。南森第一個進了潛艇的艙內，裏面黑壓壓的，隨後保羅和本傑明也進到艙內。他們相互間幾乎都看不見，保羅用夜視眼看了看四周。

「博士，開關在你的右手邊，往上抬半米，有個很大的按鈕，你能摸到，按下就行。」

南森按照保羅說的，找到了按鈕按下，艙內的所有照明燈都亮起來了，大家很是新奇地看着潛艇的艙內，這艘潛艇的內部空間確實不大，只有一個艙室，管線有很多。潛艇的駕駛台在正前方，南森走了過去，駕駛台上有很多塊電子熒幕，南森看看駕駛台下的抽屜，伸手拉出一個抽屜，從裏面拿出一本書。

「駕駛手冊……」南森晃了晃那本書。

「哇，博士，你來過嗎？」本傑明瞪大了眼睛，「一下就把駕駛手冊找到了。」

「第一次來。找到駕駛手冊是因為抽屜的銘牌上寫着『駕駛手冊』幾個字。」南森微微歪歪頭說。

「哈哈哈……本傑明……」保羅嘲笑起來。

本傑明尷尬地笑笑。南森和保羅開始研究那本駕駛手冊了，本傑明跟在一邊看着，南森按照駕駛手冊上的說明打開了駕駛台開關，駕駛台上的電子熒幕全都亮了起來。

「……這是導航儀，這是壓力測試錶，這是動力推進器，這是油壓錶……」保羅一個個的儀錶和南森核對着，「啊，這是對講系統，輸入頻率，這裏可以和陸地上的警察總部聯繫……」

南森輸入了頻率，然後拿起了對講電話。

「珀斯警察總部，這裏是鬱金香號潛艇，我是南森，我們已經登上了鬱金香號……」南森開始和陸地通話了。

「……警察總部明白，南森博士，請問你們的情況怎樣……」對講電話裏傳來陸地上的聲音。

一切進展順利，南森說電子化的潛艇操作程序並不複雜，他還要再熟悉一下介面，潛艇就能下水了。本傑明想到一會就能下潛到海中去搜索魔怪就興奮，這一次的抓捕魔怪經歷的確很特別，他們從陸地來到海上，又要從海面上下潛到海底。

本傑明忽然想看看海倫的情況，她要是還處於恢復期，跟着下潛到海中就不太可能了。本傑明爬出了潛艇。

「什麼人？」本傑明剛從潛艇裏鑽出來，就聽到派恩的聲音傳來。

「我，那個什麼天下第一小神探的前輩。」本傑明沒好氣地說，「也不看看我從哪裏出來的，讓你看着甲板和海面上的情況呢。」

「本傑明，還敢冒充我的前輩。」派恩走了過來，「怎麼樣？我們要到海裏去了？」

「船艙太小，沒你的船票。」本傑明很是冷淡地說，「實在想跟着可以讓你抱着潛艇的方向舵，免費。」

「我才不呢，你就是不想帶着我去吧。」派恩知道本傑明在開玩笑。

「因為你話太多，裏面太小，躲都躲不開。」本傑明毫無掩飾地說。

他倆正在拌嘴時，南森和保羅也從潛艇裏出來了。看到南森，派恩連忙跑過去。

「博士，我想去看看海倫。」本傑明搶先說。

「先不用看，讓她好好休息。」南森擺擺手，「我們都要休息一會，潛艇上的電力電池正在充電，充滿要四個小時以上時間。」

「那要明天早上才能下海了？」本傑明問。

「對。」南森看出了本傑明的心思，「不用擔心，魔怪也受了傷，行動能力不強，它們跑不遠的。」

「你們都去休息，我來警戒。」保羅說着看看派恩，「明天下到海底，有得忙了，養足精神。」

「密切注意周邊海域的情況。」南森對保羅說。

保羅開始在甲板上來回巡視，南森他們全都回到船員休息室休息了，忙碌了一晚，期間還遭到攻擊，他們其實都有些疲憊了。

第九章　大洋之下

第二天一早，本傑明快八點鐘才起來，他來到駕駛艙，猛地發現海倫坐在一張椅子上，看神情已經好了很多。

「正要去叫你呢。」派恩説，大家都在駕駛艙裏，「再來晚點魔怪就跑了。」

「海倫，你好些了吧？」本傑明才不去理睬派恩呢，他走到海倫身邊問。

「好多了，睡了一夜，早上也喝了急救水。」海倫説，「恢復了百分之八十以上，現在就是感到還有點無力。」

「再休息一下就好了。」本傑明連忙説。

「海倫確實還要休息一下。」南森一直站在駕駛台前，「所以她不跟我們出發了，不過她有很重要的工作，我們進入潛艇後，海倫要操作吊塔把我們放到水裏去。」

「然後，海倫就是這條船的船長了。」保羅説，「我們下到海裏，海倫和我們保持着聯繫，這條船現在是我們海面上的基地。」

「準備行動吧。」南森說，一切他早有安排，「也許有一場海中決戰，但是在這樣深的海底，我們的行動能力和法術施展都會打折扣，兩個魔怪，尤其是費奇可能比較自如，它可能早就有水鬼的經驗。」

「儘量不和它們在水中纏鬥，打鬥還要穿越出潛艇外。」保羅比劃着說，「別忘了還有我的追妖導彈呢！」

「在水下如果要發射追妖導彈該怎麼辦？」本傑明想起了什麼，一副疑慮的模樣，「鬱金香號是科考潛艇，沒有魚雷發射裝置。」

「有辦法，當然有辦法。」保羅得意地晃着腦袋，「博士早就想好了。」

他們全都來到了鬱金香號旁邊，海倫走路還算自如，看不出有什麼不適。南森已經準備好了膠帶卷，派恩拿着四枚追妖導彈。

「四枚導彈用膠帶固定在鬱金香號的艇首，膠帶是防水的，能把導彈牢牢貼在艇首位置。」南森邊說邊開始撕下膠帶，「保羅可以在潛艇裏遙控導彈，發射導彈時產生的高溫能迅速熔斷膠帶，導彈就發射出去了。」

本傑明連連誇讚起來，這可真是一個好辦法，很多看起來很複雜的事，其實能用很簡單的辦法就解決了。

南森把四枚導彈規則地貼在艇首，然後檢查了一下牢固度，很滿意地點點頭。

「海倫，我們進去以後你就要把潛艇放到海裏去了，駕駛台有吊塔操作按鈕，我們剛才演練過的。」南森看看海倫。

「對，很簡單的。」海倫說，「放心吧……真想和你們一起去呀。」

「我們保持聯繫，你在船上也要小心，畢竟只有你一個人。」南森叮囑道，「觀測台和駕駛台上各有一台幽靈雷達，注意觀察。」

南森帶着本傑明他們爬上舷梯，然後進入到鬱金香號，艇身裏的空間狹小，他們幾個擠在裏面，行動都不是很方便。最後一個進艙的本傑明把艙蓋蓋好。海倫走回駕駛台，打開了對講機，不僅如此，一台熒幕也出現了南森在潛艇裏的畫面，南森也能在潛艇的熒幕上看到海倫。

「博士，我已經準備好，如果你們也準備好我就開始施放潛艇了。」

「可以施放潛艇。」南森說，潛艇裏，本傑明他們全都坐好了。

海倫開始操作潛艇旁的吊塔，作業系統非常的智能化，完全是一個固定程序。吊塔上吊臂的兩個吊鈎準確地勾住潛艇背部的兩個圓環，潛艇隨即被吊起來，隨後吊臂提着潛艇伸向大海，到達海面後緩緩下降。鬱金香號被放入海中，然後漂浮起來，海倫收起吊鈎，鬱金香號完全和吊塔脫離，在海上晃着。

「博士，你們可以下潛了。」海倫通過攝像頭，全程操作施放潛艇，「你們一定能找到魔怪。」

「好，接下來看我們的了。」南森點點頭，「下一步，水艙注水……」

鬱金香號潛艇裏，南森開始了操作，大量的海水注入潛艇的水艙，鬱金香號開始緩緩地下潛。海倫衝出駕駛室，眼看着鬱金香號進入海面之下，海面在翻騰了一些浪花和氣泡後，恢復了平靜。

本傑明和派恩各自扒着一個舷窗，看着外面的景象。潛艇下潛到海面下之後，裏面的燈光適當加亮，從潛艇兩側看出去，一片黑暗。南森打開了潛航燈，從艇首駕駛台看出去，能看到前方潛航燈照亮的地方。

潛艇的駕駛也是依靠人工智能的，而且海底沒有障礙物，更不會有紅綠燈，所以不用擔心什麼碰撞。南森把潛艇下降了五百多米，然後按下了停止按鈕。

「這麼深了還有魚。」派恩已經站到南森身邊，他指着潛航燈照亮的前方。

「比這更深還有魚呢。」本傑明高聲説。

南森查看着駕駛台上的一塊熒幕，那上面顯示的是海底的情況，他叫來保羅，指着熒幕和保羅商議起來，保羅的聲納系統能更加清晰地描繪出海底的地貌。

「……那片複雜的地形，距離我們大概有十五公里。」南森說，「如果那是首選的魔怪藏身地，我們就斜向前進，節省時間和燃料。」

「我覺得魔怪一定在那裏。」保羅說，「不過有個問題，我們這艘潛艇最大下潛深度是一千米，那片海底距離海面則是一千五百米，就是說我們找到那個魔怪，也和它相距五百米。」

「這是一個問題，其實不僅僅是這一個問題。」南森有些疑慮地說，他的語氣略顯沉重，「在水裏和陸地上不一樣呀……」

「我能穿越出潛艇抓它，我在水中能保持半小時以上不用上浮吸氣。」派恩倒是很有信心，「半小時足以抓到它了。」

「水下不是我們最佳施展法術的區域……」南森微微搖着頭，「越向下水壓越大，對我們影響也大……現在，我們首要任務是找到它的位置。」

南森將目標點設立好，隨後開始操控潛艇斜向前進，本傑明他們明顯感到身體有些前傾。南森看着前方，一些魚不停地從潛航燈的光柱中穿行。

「海倫，我們開始向可能的魔怪巢穴前進了。」南森拿起了對講機，「你那邊情況怎麼樣？」

「一切都好。」對講機裏傳來海倫的聲音，「博士，你們要萬分小心。」

「海倫——」派恩對着對講機喊了起來，「中午的時候你別忘了再喝點急救水，就全好了。」

「我記着呢。」海倫的聲音再次傳來，「你們要跟好博士，遇到事情不要緊張——」

派恩很關心海倫，海倫的言語中也充滿感激。

鬱金香號緩緩地向目標前進，這艘潛艇由於受到阻力和壓力的影響，前進的速度極慢，南森已經將速度調到最高馬力了，但是前行起來和風信子號在海面航行還是差很遠。

保羅不斷地發射探測信號，不過他也發現，發射信號要穿過厚厚的潛艇殼體，再穿過深海的海水阻隔，回饋的時間都比在風信子號上向海中發射探測信號慢。保羅判斷是因為潛艇殼體的阻隔作用，這種高密度抗壓金屬殼體對探測信號的發射影響不算小。

鬱金香號緩緩地前行着，裏面的本傑明和派恩都焦急地詢問保羅有什麼發現，保羅都有些不耐煩了。他讓本傑明他們用幽靈雷達自行搜索，不過很明顯，在潛艇上使用幽靈雷達也受到極大限制。

「不要着急，不要着急。」南森駕駛着潛艇，寬慰兩個小助手，「魔怪受了傷，走不遠的。從它登上風信子號襲擊我們，就已經説明我們對它的海底巢穴位置的判斷是正確的了。」

「博士，它不會發現我們吧？」本傑明忽然問，「我們現在在海底是一個很明顯的亮點。」

「它想不到我們會有一艘潛艇，並且下潛來找它。」南森説，「我們會在千米左右的距離就發現它，而在這麼深的海水裏，超出一百米，就完全看不到潛艇燈光了，它只要不是在海中游動到潛艇旁邊，是發現不了我們的。」

「這我就放心了。」本傑明説。

「把頭縮下去。」派恩指着本傑明旁邊的舷窗，不客氣地説，「魔怪萬一游到潛艇邊，透過窗戶就能看到你。」

「也能看到你呀。」本傑明立即反擊説。

「臨近目標後，我會把艙內的燈光調暗。」南森説，「這樣它即使在潛艇邊，也看不清潛艇裏的情況，不過太近距離它應該能感知到潛艇裏的是魔法師。」

「那要和它保持一定距離。」本傑明想了想說，「噢，這個距離真是矛盾，又要距離它近才能探測到它，又要不讓它同時發現我們。」

「我算着距離呢。放心。」保羅有些得意地說，「這對我來說，太簡單，太簡單。」

鬱金香號繼續斜向行進，這樣前行了有兩個小時，他們距離目標還有一段距離，海面上風信子號中的海倫都有些焦急了，連續幾次詢問進展情況。南森叫她耐心等待，本傑明在這樣一個狹小的空間裏，有一種很難施展拳腳的感覺，他拿起幽靈雷達，看着上面那毫無反應的熒幕，隨後又無奈地放下。

「前方兩公里就是目標區域。」南森看着儀錶盤，忽然說道，「現在我要調暗艙內燈光。」

本傑明和派恩都有些激動起來，就要到目標區域了，他們也有點小小的緊張。本傑明擔心碰不到魔怪，派恩害怕被魔怪搶先發現，這都有可能。

「老伙計，探測信號範圍擴大。」南森轉身看看保羅，「不要向一個固定區域發射。」

「明白。」保羅點點頭，「博士，我感覺……很好，我感覺能發現它……」

「我們距離下潛極限只有一百多米了。」南森說道，「希望能儘快發現它……」

南森的話音未落，這時，只聽見潛艇外發出一陣「咔、咔」的聲音，本傑明立即豎起了耳朵，瞪大眼睛，深深的大洋底部，這聲音從艇外傳到艇內，讓人有一種不寒而慄的感覺。

「海水壓力擠壓艇身，一般就會發出這種聲音。」保羅在一邊解釋說，「這說明我們正在接近下潛的極限區域。」

「就是說再往下還有這種聲音？」派恩問道。

「咔——咔——」，就在這時，又有聲音穿進了潛艇裏。

本傑明和派恩都非常緊張，他倆的手牢牢地抓着座椅，唯恐潛艇被水壓壓爆，雖然是魔法師，潛艇被壓爆後突然湧進的水壓仍會對他們造成一定傷害，同時，失去潛艇將令他們很難完成找到魔怪的任務。

「別緊張，別緊張。」保羅看出了本傑明和派恩的心思，在一邊安慰，「別說還沒到極限區域，就是越過極限區域一點，我想潛艇也能抵抗水的壓力。」

那聲音又響了一下，隨後再也沒有傳來。潛艇似乎適應了這個區域的壓力，繼續向前。本傑明和派恩繼續緊張着，因為此時潛艇越來越向下，水壓只有越來越大。

忽然，本傑明和派恩感到一直持續的向下傾斜感沒有了，鬱金香號已經到達了下潛的最深位置水下一千米，同時，他們也到達了目標區域。南森把潛艇調整到了水平方向。

第十章　冒險下潛

「我們現在在一條海溝的上方，向前的地形很複雜，有海底山谷和溝壑，這種地形最容易出現洞穴。」保羅站在駕駛台上。

「那我們就向前搜索。」南森繼續把速度調整到最高，即使是這樣，由於水壓阻力關係，潛艇前進也很慢。

「咔——咔——」這時，那恐怖的水壓擠壓潛艇外殼的聲音又傳了進來。

本傑明和派恩又下意識地抓住了座椅，南森已經把潛航燈的燈光調得很暗了，在目標區域上方，他們也要注意自我隱蔽。

潛艇平行前進後，外殼擠壓聲接連不斷地傳來，本傑明和派恩很不習慣這種聲音，不過看看南森和保羅都還好，若無其事的。

「魔怪信號——」保羅突然大喊一聲。

本傑明和派恩全都忘了什麼水壓、外殼聲響，全都跳了起來，圍到駕駛台前。保羅做了一個噤聲的動作，仔細地分析着信號。南森連忙把潛航燈全部關閉，艙內的燈光也調到了最暗。

「向前，11點方向，距離我們直線距離一千米……」保羅很是興奮地說，「在一個海底山脈的半山腰，距離海面一千四百多米，就是這個位置……我想它就在一個山洞裏……現在只有一個信號源，距離近了應該有兩個……」

南森已經調整了方向，潛艇向着魔怪藏身的洞穴駛去。保羅說魔怪信號越來越清晰了，他已經完全鎖定了魔怪。這時，本傑明和派恩的幽靈雷達也有了時斷時續的魔怪反應，不清晰，但是能確定海底有魔怪。

鬱金香號平緩地前行着，南森通過對講機通知海倫，他們已經發現了目標。

「兩個魔怪，是兩個。」保羅收到了非常清晰的信號回饋，「基本上都是靜止狀態的，就是那兩個魔怪，費奇和埃里克。」

「再向前三百米就能到達它們的頭頂上方。」南森看着導航熒幕，「老伙計，勘測它們藏身地的詳盡地貌特徵。」

南森向保羅布置着工作。這時，本傑明身邊的派恩拍了拍他。

「我在水裏能堅持半個小時，你呢？」

「比你長一些。」本傑明説。

「你就吹牛吧。」派恩説，「一會我們可以比試一下。」

「抓魔怪，不是潛水比賽。」本傑明皺着眉頭，「你贏了我但魔怪跑了也沒用。」

「……距離目標正上方兩百米……一百七十米……」南森開始了倒計時一般的報數。

本傑明和派恩全都開始摩拳擦掌了，本傑明看看幽靈雷達，上面的兩個亮點就是魔怪，此時的魔怪被保羅的預警系統和幽靈雷達完全鎖定了。

「……距離目標正上方三十米……」南森説着關閉了潛艇的發動機，潛艇依靠慣性又向前行進了十多米，最後停下。

大洋深處，海底有一座不到百米高的小山，半山腰處，有一個洞穴，兩個魔怪就躲在裏面。在他們頭頂不到五百米的地方，鬱金香號已經靜靜地停在那裏。此處一片黑暗，沒有燈光，什麼都看不見。

潛艇裏，大家都看着南森，只等着他下令了。潛艇裏的空氣有些緊張，大家都明白，這次抓捕和在陸地上完全不一樣。

「確實不能在水中實施抓捕。」南森看着大家，他明白大家的意思，抓捕方案在他頭腦中一直在醞釀，他在思考着最佳方式。

「為什麼？」派恩着急地問，「水壓問題？」

「對，水壓和阻力對我們的影響太大。」南森說，他忽然抬起手，比劃了一個出拳的動作，「大家看，這是我出拳的速度，正常情況，或者說在陸地上，半秒鐘不到，我的拳頭就會擊中目標。而我剛才根據潛艇航行遇到的阻力計算，如果我們穿越出去實施水中抓捕，這拳打出去，要有一秒多才能擊中目標，這使得我們的出拳力度大打折扣，同樣，施展法術也會受到水壓和阻力的影響，這點必須考慮到。」

「啊呀，我就沒想到。」本傑明驚呼起來，「一千多米的水下，潛艇外殼都被壓得一直響，對我們的攻擊影響一定非常大。」

「魔怪也會受影響，但是那個費奇長期生活在這樣的環境裏，這裏算它的主場。」南森繼續分析，「它攻擊我們的力度也會受影響，但相對來說受影響更大的是我們，它是受益的一方。」

「那我們該怎麼辦？」派恩急着問。

「導彈攻擊！」南森說，「出其不意，發動導彈攻擊，爭取擊斃兩個魔怪，擊傷也可以，被擊傷後它們一定會覺得在洞穴裏呆不下去了，往淺海區或海面上逃走的概率極大，我們也就好動手了。」

「那保羅開始準備發射導彈呀。」派恩一直都很焦急，「我們早就做了導彈攻擊的準備了，我看最多兩枚導彈就能結束戰鬥了。」

「還是不行。」南森又擺了擺手。

「啊？」派恩和本傑明都一愣。

「還是水壓和阻力問題。」南森說，「其實這個問題也是剛才在航行的時候我發現的，由於壓力和阻力，潛艇的行進非常慢，同樣，在這個位置射出去的追妖導彈，速度比平時應該慢三倍左右，魔怪非常敏感，在水中五百米的距離，換算一下，等於在地面的一千五百米外向魔怪發射導彈，法術高深的魔怪是有預知並規避的可能。只有短距離攻擊，就算它們有所預知，但也來不及避開。所以說如果費奇和埃里克有充足時間躲閃，問題就大了，它們不但逃避了攻擊，我們也一定暴露了。」

「這可怎麼辦？」派恩聽到南森這些話，差點跳起

水底攻擊會受水壓和阻力影響，
那麼還有什麼辦法呢？

來，他握着拳頭，「射出導彈也不行，出去也不行……」

「其實有一個辦法，就是要冒險了。」南森的神情很嚴肅，「我看了這艘潛艇的操作手冊，上面寫着最大下潛距離是海平面下一千米，據我所知，很多東西的保險係數設置都會有一定的保留空間，比如說剛才吊起潛艇的吊塔，實際吊起物體的重量如果有一千公斤，那麼操作手冊上一定不會按實際情況寫吊裝重量為一千公斤，大概會寫七百公斤，留出一定的安全空間。這艘潛艇也是，真實的、最大的下潛深度一定超過一千米，所以，我們需要這個數值，如果能達到一千二百米，那麼我們射出導彈並命中的概率就增大很多。」

「我們冒險再下潛？」派恩聽完南森的話，連忙問。

「一定要冒險，但是不能亂冒險，我們通過海倫，向陸地方面查證一下這艘潛艇製造試驗階段的實測下潛距離，珀斯大學應該有資料，如果沒有，他們可以去詢問製造廠商。」

「好，這樣最好。」派恩連連點頭，「博士，你考慮問題真是全面。」

這艘潛艇在風信子號上或者海面上，可以直接聯繫地面，但是下潛到這個深度，只能通過海面上的海倫聯繫地面。南森把自己的意圖告訴了海倫，海倫立即向珀斯警察局轉達了南森的意思，珀斯警察局答應以最快的速度前去了解。

潛艇裏，南森他們只能先等待資料的傳來。他們靜靜地觀察着海底洞穴中的費奇和埃里克，這兩個魔怪就在一起，基本上是一動不動的。

「博士，我能勘測出來，這兩個魔怪躲藏的巢穴只有一個洞口，洞口面對西面，從這個洞口深測出來的魔怪反應最強。」保羅跳下駕駛台，在潛艇裏走了兩步，「一會我的導彈就從這個洞口鑽進去，把它們炸飛。」

「希望如此，不過這兩個魔怪的抗擊打能力確實厲害。」南森説。

「漁船上費奇已經被我炸傷，這次一個都跑不了。」保羅很有信心地説，不過他隨即搖搖尾巴，「嗯？這次把它們一起炸飛的概率怎麼只有百分之六十，我最新統計的結果怎麼這麼低？」

「魔怪在移動。」本傑明看着幽靈雷達，突然叫了起來。

果然，幽靈雷達上的一個魔怪亮點開始移動，本傑明將熒幕放大，只見那個亮點緩慢地向西移動，通過資料測算，兩個魔怪距離相差有十多米。

大家都緊張起來，如果兩個魔怪分開，那麼展開攻擊就要兩枚導彈，命中目標也就有先後，一枚導彈爆炸勢必引起另一個還未被擊中的魔怪的警覺。

那個亮點移動了十幾米後，突然不動了，大家很緊張地盯着那個亮點，這個魔怪似乎要走出洞穴。

「它要是出來，不會發現我們吧。」本傑明緊張地問。

「不靠近我們二十米，是看不到我們的。」南森說，「現在他們距離我們五百米，魔怪就是再警覺，也無法感知到魔法師的存在。」

「那就好，那就好。」本傑明連連地說，「海倫怎麼還沒有消息傳來？要不要問問？」

「不用催，海倫可能比我們還着急。」南森立即說，「我們的問題不是直接問當事人的，要一個個的傳遞，這需要些時間。」

幽靈雷達的熒幕上，那個移動的魔怪似乎一直站在洞口，過了好一陣，它返身回去，在另外一個魔怪身邊兩米的地方停下來，不再動了。

大家都長出一口氣，保羅判斷說那個魔怪可能只是想活動一下手腳。

「博士——博士——我是海倫——」海倫的聲音忽然從對講機裏傳了出來，並且有些急促。

南森立即走到駕駛台前，拿起對講機，開始和海倫通話。

「剛剛拿到資料，從生產廠家那裏拿到的。」對講機裏，海倫的聲音持續着急促，「鬱金香號科考潛艇生產製造時進行過極限測試，下潛超過一千四百米時都發生了艇體被壓破裂，在一千三百米和一千四百米之間試驗過三次，兩次發生艇體破裂，下潛到一千三百米位置測試過十次，全部完好，該潛艇實測最大極限空間其實為一千三百米，不過該潛艇已經使用多年，廠家強烈建議下潛不要突破一千二百米！」

「好的，海倫，你替我向他們表示感謝。」南森説，他的語氣有些沉重。

「博士，廠家還説，下潛不能一米一米的試，達到一定數值後就是不能再繼續，因為艇體破裂是一瞬間的事。」海倫擔心的聲音傳出來，整個潛艇裏的空氣都極其緊張。

「明白，海倫。」南森深邃地看了看舷窗外，「請放心，我們有分寸。」

説着，南森放下了對講機。他轉身看着潛艇裏的幾個小助手。

「下潛到一千二百米，距離魔怪還是略有些遠。」南森估算了一下攻擊距離，「我們來冒個險，下潛深度設定在一千二百五十米！」

「好，就這距離。」本傑明和派恩一起説，本傑明揮揮拳頭，「博士，我們不怕。」

「我們各就各位，也要做好潛艇破裂的準備。」南森堅定地説，「我們是魔法師，一旦潛艇破裂，生命倒是不會立即受到威脅……如果艇體破裂，大家要找機會上浮，而不是下潛去抓魔怪，我們在魔怪上方幾百米出現艇體破裂，魔怪不一定知道，被壓破的潛艇會落在海底，不可能落進魔怪的洞穴中，所以魔怪對此一無所知，我們上去再想辦法。注意，一旦艇體破裂，不要慌張，有縫隙就從縫隙上浮，沒有就穿越。」

小助手們都認真地點着頭，為了抓到魔怪，他們毫無畏懼，更敢於冒險。

南森叮囑完畢，和小助手們互相用目光鼓勵，然後走到駕駛台前，將下潛深度調到了一千一百米，隨後按下了下潛按鈕。

水壓艙排氣管發出輕微的一聲，氣體排出，海水注入，鬱金香號開始下潛。南森此時都有些緊張了，他皺着眉，看着下潛深度錶。出乎意料，鬱金香號不斷下潛着，海水擠壓殼體的聲音居然沒有出現。

一千零七十米、一千零八十米、一千零九十米、一千一百米。鬱金香號停止下潛。

鬱金香號停止下潛後，本傑明緊緊地握着拳頭揮舞了一下，他們距離魔怪又近了一百米，攻擊成功概率提升，而且潛艇安然無事。

「我們繼續。」大概緩了半分鐘，南森說，他把下潛深度調整到一千兩百米，隨後按下了按鈕。

「嗚——」的一聲，鬱金香號水壓艙再次發出一聲，潛艇隨即開始慢慢下潛，剛開始還好，不過下潛了三十多米後，「咔——咔——」的擠壓外殼聲再次傳出，而且聲響極大，潛艇也因此一震一震的。外殼被擠壓的聲音不停地傳進艇身裏，有些恐怖。派恩和本傑明的手死死地抓着座椅扶手，保羅站在他倆座椅的中間過道上，抬着頭，也很緊張地看着天花板，其實聲音是從西面八方傳進來的。

越向下，潛艇的震動越大，海水似乎就要壓爆艇體，一湧而進，本傑明的身體有些顫抖，派恩突然說起了話。

「到了嗎？到位了嗎？」

「咔——」的一聲，鬱金香號到達了水下一千兩百米的位置。到位後，艇身上的「咔咔」聲又持續了十多秒，然後什麼聲音都沒有了，潛艇裏一片寂靜，大家都能聽到對方的呼吸聲。

南森沒説話，直接把深度調整到了一千二百五十米，潛艇再次開始下潛。這次下潛剛剛進行了不到十米，「咔——」的一聲巨響，從艇外傳到艇身裏。

「啊——」派恩禁不住叫了一聲，他跳下座椅，做好逃出潛艇的準備了，不過海水並沒有湧進來，他有些尷尬地看看本傑明，隨後坐了回去。

本傑明都沒心思去嘲笑派恩了，因為他自己更加緊張，只是沒有跳起來而已。

第十一章　海底的攻擊

「勇敢的保羅，勇敢的保羅。」保羅抱着本傑明座椅的椅腳，閉着眼睛，顫抖着，嘴裏唸唸有詞。

「咔——咔——」聲不停地傳來，鬱金香號不斷下潛，南森緊張地看着四周，這時，鬱金香號猛地一震，停止了下潛。

潛艇下潛深度錶，停在了一千二百五十米，艇身還有擠壓聲傳來，四周似乎都凝固住了。忽然，擠壓聲一下就沒有了。

「到位——」南森急忙説了一聲，他的聲音很大，明顯是在提醒小助手們。

「勇敢的保羅，勇敢的保羅……」保羅還是抱着座椅腳，在那裏唸着。

「好了，到位了。」本傑明拍了拍保羅，「看你的了。」

「到了嗎？」保羅睜開眼，看看四周，發現沒有什麼事，頓時放鬆下來，「我一點都不怕……」

南森在駕駛台那裏，調整着潛艇的頭部，並將潛艇頭部角度下調，為追妖導彈的發射做準備。鬱金香號抗住了海水的巨大壓力，南森他們這次的冒險成功。

「老伙計，測距完成了嗎？」南森調整好發射角度，問道。

「博士，我們距離兩個魔怪兩百米。」保羅說，「我隨時可以發射。」

「兩百米，相當於在陸地發射距離六百米。」南森說，「好，老伙計，現在發射——」

保羅答應一聲，遙控啟動了貼在潛艇頭部的一枚追妖導彈，那枚追妖導彈在瞬間引燃推動劑，高溫融化了膠帶，導彈向下面的洞穴飛去。導彈尾部噴出的烈焰沸騰了海水，並生成大量氣泡，飄向海面。

「炸飛魔怪——炸飛魔怪——」保羅唸着，導彈射向目標的速度的確比陸地上慢很多。

本傑明和派恩都扒着舷窗，他們能看到導彈尾部的噴射烈焰，很快，那股烈焰不見了，兩人連忙又去看幽靈雷達。

雷達熒幕上，一個亮點又開始向西移動，大家一驚，這時，「轟——」的一聲，非常沉悶，但是非常清晰地傳進了艇內。

「炸中了——炸中了——」保羅激動地大喊着。

沉悶的爆炸聲就是追妖導彈命中魔怪後的爆炸聲，幽靈雷達熒幕上，頓時出現了無數個細小的亮點，那是魔怪被炸碎後的反應，這些小亮點慢慢擴散，有些快速消失。

「好——好——」本傑明大喊着，派恩則跳了起來。

「有情況——有情況——」南森一直觀察着幽靈雷達。

只見幽靈雷達上，一個最大的亮點快速移動，隨後開始上升。

「炸死了一個，另外一個正在逃跑——」保羅也探測出結果，「向我們這邊來了——博士，現在它距離我們越來越近，不能轟擊它，否則會影響到潛艇安全——」

「博士，我們出去抓？」本傑明和派恩立即問。

「不用——」南森突然擺擺手，「保羅，測一下它的上升速度。」

「……每秒兩米多……」

「有阻力的關係，不過更主要的是它受傷了，所以移動很慢。」南森露出了一絲絲的興奮，「很多事情必須訊問它才能最終確定，所以我們這次抓活的。」

「抓活的嗎？」保羅問道，「啊，它漂上來了。」

「這裏水壓太大，我們行動不便，它也一樣，現在想漂到淺水區或者海面上再遠逃。」南森看着幽靈雷達的熒幕，「我們不出去攔截，讓它走，我們在後面追……」

南森正説着，那個魔怪從鬱金香號前方三十多米處升了上去，魔怪根本就沒看到還有一艘潛艇，只顧急匆匆地游上去。

「跟上它——」南森看着幽靈雷達，説着就發動了潛艇。

「博士，它的速度很慢呀，要是這個速度，我們的潛艇全速就能追上它。」保羅測着魔怪的逃逸速度。

「所以我們可以慢一點，但是要讓它知道我們在追它。」南森説着打開了潛航燈，他讓潛艇的艇首抬起，呈現出近四十度的水平夾角直升追趕，這樣方便觀察魔怪，同時他把潛航燈調到最大亮度，並調整角度，牢牢地鎖定魔怪。

潛航燈射了出去，立即捕捉到了魔怪的身影，保羅扒在駕駛台上，因為潛艇此時是傾斜的，他必須抓着固定物體。保羅驚呼着魔怪的名字，它看清了，魔怪就是費奇。費奇明顯受了傷，向上移動的速度很慢，它發現自己被燈光鎖定，更加驚慌失措地往上浮。

「好，好，我們脱離危險區域了。」忽然，保羅又叫起來，的確，他們上浮到了一千米的位置，沒有了海水壓力的風險。

「海倫注意——海倫注意——」南森拿起了對講機。

「我是海倫，請講——」海倫的聲音從對講機裏傳出。

「海底的兩個魔怪一個已經被擊斃，另一個正在上浮，我們在追趕。」南森説，「我們目前在水下一千米位置，和你的橫向距離有十五公里，在你的西南方向。你現在就用急走術趕到我們位置的海面上方，守候在那裏，魔怪距離海面五百米時你就能用幽靈雷達探測到它，這次我們要抓活的，我們努力把它驅趕到水面上，一旦它浮上水面，你就用凝固氣流彈突襲，魔怪已經受傷，你的攻擊出其不意，保證能擒獲它。」

「博士，明白，我馬上行動。」海倫説，「我現在能看到你們潛艇的位置。」

「好，我們和魔怪保持着五十多米的距離。」南森說，「它的上升速度為每秒兩米多，大概七、八分鐘左右的時間到達海面。」

「明白，我準時守候在它出水的海面。」

海倫放下對講電話，拿起了幽靈雷達，她走出駕駛艙，來到船舷邊，她看看西南方向，又看看幽靈雷達，她牢記着南森潛艇的位置。此時的幽靈雷達捕捉不到魔怪信號，但是幽靈雷達也有導航定位功能。

「急走——」海倫唸了一句魔法口訣，身體如射出的子彈一樣，「嗖」地一下就飛了出去。

不到一分鐘，海倫就到達了預定位置的海面，她用法術懸浮在海面上，此時的海面一片平靜。海倫把幽靈雷達對着海底，一會她就能搜索到魔怪信號。

海面下，費奇極力地上升，想擺脱追趕，但鬱金香號緊緊地跟在後面。本傑明和派恩在駕駛台前，都抓着南森的座椅，南森則坐在座椅上，不需要抓持固定物體穩定身體。本傑明和派恩從前面的視窗能清楚地看到費奇，恨不得立即穿越出去抓住它。

「不用着急，它知道我們在追趕，但不知道海倫在海面上。」南森理解本傑明和派恩的心情，「還是海倫在海面上突襲更可靠，水中作戰的未知情況很多，更不是我們的強項。」

「博士——」本傑明突然喊道，「它側向移動了，它不是直線上升了。」

果然，費奇不知為什麼開始向斜上方游動了。

「博士，它這樣上升到海面上就脫離海倫的等候區域了。」本傑明急得想跳起來，「海倫現在應該都到了，可我們無法聯繫到她。」

「沒有關係。」南森倒是非常沉穩，並且十分自信，「我們來幫助它調整一下上升路線……老伙計，向它右側一百米發射一枚導彈並引爆，讓它回到我們給它設定的路線。」

「明白。」保羅點點頭，隨後遙控艇首的導彈發射。

一枚追妖導彈飛快地射出，到達費奇身邊一百米的地方爆炸，由於距離較近，潛艇裏都感到了震動。費奇看到身邊有巨大的爆炸，先是緊張地捂頭，隨後變向，開始直線上浮了。

「博士，這你都想到了？」派恩在南森身邊，激動地望着他，「這個辦法太好了。」

「老伙計，它要是再偏離通道，依舊採用這種辦法，這還能給海面的海倫一個提醒。」南森説，「不過要謹慎發射，現在只剩下兩枚導彈了。」

「是。」保羅大聲地説。

費奇這時只顧着拼命上浮逃命了，南森看了看水深，他們距離海面不到五百米了，由於水壓減輕，費奇的速度快了一些，鬱金香號的上浮速度也隨即加快，保證牢牢地鎖定費奇。

海面之上，一個魔怪信號已經出現在海倫的幽靈雷達上，海倫立即調整了位置，保持自己和即將出水的魔怪有三十多米的距離，這個距離能在凝固氣流彈爆炸後不傷害自己又能快速上前擒拿魔怪。

水下，鬱金香號一直都以向上傾斜近四十度的角度直升追擊魔怪，大家的身體一直都是傾斜的。隨着高度的上升，海面上的光已經隱約地照射下來。

「就要出水了，海倫，看你的了。」本傑明看着不斷上升的費奇，自言自語道。

「海倫就在海面上，我能搜索到她的幽靈雷達發出的信號。」保羅説，「放心吧，海倫一向認真沉穩。」

在海面上懸浮的海倫完全做好了準備，她觀察到魔怪距離海面已經越來越近了，同時她完全預知了魔怪出水的地點，她隨時準備發射凝固氣流彈。

「嘩——」的一聲，海面上翻出一些水花，費奇從海水中冒了出來。

「嗖——嗖——」，兩枚凝固氣流彈筆直地飛來，「轟——轟——」，凝固氣流彈命中了剛剛站穩在海面上的費奇。

費奇站在海面上，根本沒弄明白發生了什麼事，就被凝固氣流彈炸翻，原本它是想出水後在毫無壓力的情況下從海面奔逃的。它身上本來就有傷，被凝固氣流彈炸翻後，腦子裏一片空白，這時，又一枚凝固氣流彈在它身邊炸響，費奇被氣浪重重地擊打，一絲絲的逃走或抵抗能力都沒有了。

海倫一個飛步就跨了過去，一片白色煙霧中，她掏出了綑妖繩，迅速地綑住費奇，費奇睜着眼睛，眼看着海倫綑住自己，它此時還是不明白海倫是從哪裏出來的，它剛才只知道有一艘潛艇在緊追不捨，根本就沒想到海面上的埋伏。

幾十米遠的海面上，突然泛起浪花，接着，鬱金香號從水裏冒了出來，艙蓋打開，本傑明從裏面鑽了出來，隨後，派恩也鑽了出來。潛艇向海倫這邊開來，海倫透過潛

艇前方的瞭望窗，看到了南森，連忙對南森招招手。

「海倫，就知道你一定行。」本傑明利用魔法踏着水面飛奔過來，想幫忙，但是看到費奇已經被牢牢地綑着，海倫則很威風地站在費奇身邊。費奇已經束手就擒了，根本不用幫忙。

「博士說把它抬進潛艇，到風信子號上審訊。」派恩走過來說。

他們一起把費奇抬了起來，塞進了潛艇裏，大家發現費奇的腰部和腿部都有很重的傷，還有藍綠色的液體滴下來，這其實是魔怪的血。

看到小助手們都進了潛艇，南森駕駛着鬱金香號向風信子號前進，此時的潛艇在水面行進，速度快了很多。

潛艇裏，被綑着的費奇躺在角落裏，用兇狠的目光看着南森他們。南森他們高興地說着話，保羅則走到費奇身邊，圍着它轉了兩圈。

「費奇，你的那個同夥……埃里克，剛才幫你擋了一枚導彈？」保羅問。

費奇不說話，只是惡狠狠地盯着保羅。

「看什麼看？」保羅走過去，一拳拍在費奇的眼睛上，然後轉身走了。

鬱金香號很快就開到了風信子號的旁邊，南森把潛艇停好，海倫問潛艇是否還要吊裝上風信子號。南森說先這樣停着，一會鬱金香號還有很大用處。

第十二章　定身咒

大家出了潛艇，把費奇帶到了風信子號上，這時的天色已經暗了下來，南森打開了船上的燈。費奇被放到後甲板上，派恩用一盞探照燈照射着費奇，全部燈光聚焦在費奇身上，南森要展開詢問了，很多不解之處快要解開。

費奇極度不適應燈光的照射，它緊閉着眼，扭曲着身子，努力地將自己的頭部彎下，不去接觸那燈光，它的身體一直在抽動，嘴上卻一言不發。南森猛地才想到，費奇是一個魔怪，對亮光有天生的抗拒，他叫派恩把探照燈的燈光調暗，費奇才表現得好了一些，身體不再抽動了。

「費奇，現在我們就直接説了，我們不想在這片大洋上孤獨地漂着，我們想早點回到陸地上去。我想，你應該也是因為這個緣故，才去謀害船員並引發關注的。」南森一開始就站在費奇面前，隨後本傑明從船員休息室搬了一張簡易折疊椅出來，請南森坐下，「我有一些問題要你回答，問完後我們會馬上返回到陸地上去。」

「不説話我就再找一個探照燈來，兩個探照燈一起照射。」派恩在一邊大喊起來。

「三個——」本傑明跟着喊道，「三個探照燈——」

「不要——」費奇突然吼到，隨後壓低並緩和了語氣，「不、不要——」

「你殺害了那麼多船員，其實很明白自己的下場。」南森繼續説，「我不想和你浪費時間，看看你自己現在的處境，你覺得自己能逃脱這一次的懲罰嗎？沒錯，二十年前你逃過一次，這一次你沒機會了。」

費奇沒説話，只是在那裏彎曲着，它此時沒什麼力氣坐起來，只能躺在那裏，用餘光看着本傑明他們的腳，它被團團圍着，就算是給它機會跑都跑不遠。

「你以前在哪裏活動？」南森開始直接發問了。

「……墨爾本……」費奇説着看了看派恩，唯恐他用探照燈照射自己。

「你在墨爾本是一個幽靈，還是一個水鬼？」南森又問，「或者説，你在陸地上還是水下活動？」

「都有。」費奇説。

「我想……那個埃里克和你一直在一起吧？」

「是的。」費奇吐字倒是很節儉。

「二十多年前，你們是怎麼搭上那條遊輪的？」南森微微彎彎腰，「怎麼被魔法師發現的？注意，多説幾個字不花費多少力氣的。」

「墨爾本有幾個很厲害的魔法師，我們根本就不敢作案。埃里克出主意，我們上了一艘從澳洲墨爾本出發，目的地是法國馬賽的豪華遊輪，我們……想害個人，也許是兩個，我們想吸血，得手後下海等着上別的船回澳洲。」費奇這次説得倒是很多，「我們想遊輪上不會有魔法師，沒想到不但有，還有三個，我在遊輪上找目標的時候正好遇到魔法師，他們發現了我，就追殺我……埃里克應該沒有被發現，我們躲在輪機房的，我出來找目標，埃里克沒出來，魔法師也沒想到船上有我們兩個魔怪。魔法師當時沒有殺死我，我跳海了。」

「跳海後呢？找一條船就可以回澳洲或去別的地方，這對你來説不是難事。」

「我走不了。」費奇動了動身子，「我受的傷非常重，差點真的死了，我先沉到海底養傷，這對我來説倒沒什麼，因為我本來就做過水鬼，熟悉任何水域生活，但是海底也沒有什麼魔藥療傷，只能靠自癒，關鍵是我的法術能力受損極重，完全恢復到現在水平，差不多花了十年的時間。」

「你可以找機會回老巢呀，你一定有魔藥療傷……」派恩不解地問。

「定身咒，我被施了定身咒。」費奇惡狠狠地説，「臨跳海前，魔法師用定身咒鎖定我，我破解了這個咒語，我覺得身體能移動，這時魔法師又攻擊我，我掉進了大海。我在海底稍微恢復一些後就上了一條船，那是一條漁船，我當時想先回到陸地再説，就在甲板下找個角落隱身呆着，但是當行駛到我們現在的海域，漁船再向南時，我被一種力量拉了下海，我都愣住了，我去追漁船，發現向北可以，但是再向南寸步難移，我便明白了，定身咒被我破解了一些，但沒有完全解除，它還在我身上發揮着作用，只不過沒有把我定身得完全不能移動，以我被施定身咒的海域為原點，我最大活動範圍超不過一千公里，這個圓形的範圍內都是大海，我回不到陸地上了。我試着完全解除這個咒語，但是不行。」

「魔咒破解不完整，就是這樣。」南森點着頭説，「被施展的咒語不能完全起效，也不完全失效……那麼，接下來你做了什麼？」

「剛才我説了，恢復魔法用了十年時間，期間我還嘗試解除這個咒語，但是沒有效果。」費奇説，「我想盡一切辦法回陸地上去，但是都沒有用，我被困在這大海上了，平日只能吃些魚蝦。這些年，我越來越想回陸地上去，終於有一次，從一艘過路漁船駕駛艙傳出的新聞報道聲提醒了我，我感覺埃里克當年沒有被發現，它回到了陸地上，所以只要我在這邊弄出一些大動作，新聞會連續報道的大動作，埃里克就會知道，它一定會來救我，它能幫我解除咒語，它能帶我走……」

「所以你連殺十幾人？同時一點也不掩飾魔怪作案手段，甚至故意等船長發出魔怪登船殺人的呼叫後才下手，這樣不僅故意暴露是魔怪作案，也會讓陸地方面儘快找到船隻，否則船隻失蹤人們就很難知道這是魔怪作案，更看不到紙條了。」南森瞪着費奇，「你的這些舉動，你製造的新聞可確實轟動，你這種呼喚同伴的辦法太惡毒了！」

「魔怪就是這樣！」海倫也瞪着費奇。

「不過有一點，殺害那些船員的魔怪不一定就是你，也許是其他魔怪。」南森接着問，「埃里克如何確定作案的一定是你？」

「飛行的荷蘭人。」費奇飛快地說，「我故意留下字條，新聞媒體一定報道出去，二十年前我和埃里克登上那條遊輪的時候，我就自稱『飛行的荷蘭人』，我和埃里克都知道這個典故，埃里克因此還一直叫我『飛行的荷蘭人』，它看到報道，一定能判斷出作案者是我，也能猜出我在給它發信號，表明我還活着……」

「魔怪作案，在當年出事地點的附近，『飛行的荷蘭人』……」南森抬頭看看幾個小助手，「這種傳遞方式把幾個要素都傳遞出去了。」

「所以埃里克就來了，它當年安全地回到了澳洲，回到了墨爾本，它聽到新聞後，知道我在召喚它，就趕到珀斯，偷了條漁船……它比你們晚幾小時出海，它就跟在你們後面。」費奇說。

「啊，那天我看到的船果然是埃里克。」派恩大叫起來，他看着費奇，「對了，埃里克襲擊了我們，救走了你，埃里克當年回到墨爾本和救你這些事都是它和你説的？」

「是它説的。」費奇點點頭，「開始它並不知道你們是魔法師，後來它到了這片海區，開始找我，突然發現你們到了這裏不走了，來回遊蕩，還對着海面放煙火，它明白你們在吸引我出來，但是它當時沒找到我……這些天，我看埃里克還沒有來，我以為新聞還是不夠轟動，就想再找一條船下手，我在海裏游着找目標，先是聽到海面有爆炸聲響，尋着聲音過去，又看到了海面上一個白色亮點，我知道是一條船，我很興奮，因為連續多天這裏沒有路過的船了，我就游過去了……沒想到是個陷阱，我根本就沒想到魔法師會這麼快就趕到，我一直覺得埃里克會趕在魔法師到來之前找到我，因為埃里克知道『飛行的荷蘭人』是我，你們又不知道……我被你們抓住以後，還好被埃里克看到，趁你們不備，襲擊了你們救走了我……」

「你剛才說埃里克到了這片海域後找你，它用魔怪聯絡的方式呼喊你了吧？」南森忽然問。

「對，它呼喊我了，但是我沒聽到，海水阻隔力度大，它也不知道我具體在哪裏。」

「那就對了，保羅當時捕捉到一個甚高頻信號，魔怪聯絡遠距離同伴發出的不是大喊，而是人們聽不到的甚高頻，同伴能感知到。」南森環視着小助手們。

「我和埃里克二十年沒見了，總算見面了……」費奇繼續說。

「你們當時想快點逃走嗎？還是在那裏敍舊？」本傑明有些嘲弄地問。

「我想叫埃里克幫我完全解開定身咒，它說先離開幾十公里再説，正在商量着，你們便發射導彈了。我受了重傷，船也沉了，埃里克只能帶我跳海，跳海後我帶着埃里克去了海底我的住處。」費奇説着表情痛苦起來，「我傷重，暫時不能走了，我們打算躲幾天再走，以為你們也不會到這麼深的海底來。到了我的住處後，埃里克真的把我的咒語完全解除了，就等着我養好傷……結果，你們追到海底，炸死了它，導彈是正面擊中，我也被炸得傷上加傷，只能帶傷逃跑，最後的結果，就是這樣了。」

說完，費奇躺在地上，眼睛閉了起來，它把知道的全都説了。所有的細節問題，南森這邊也都了解到了。

「就為了讓你自己回到陸地上，殺害了十幾個人，而且我們不來，你還要繼續殺人。」南森的語氣非常沉重，「這樣殘暴，你覺得你能留在這個世上嗎？」

「那就讓一切都結束吧。」費奇突然看着南森，絕望地喊叫起來。

南森從口袋裏掏出裝魔瓶，他把瓶口打開，唸了一句魔法口訣，費奇身上的綑妖繩自動脱開，然後它突然變小，化成一個氣團，飛進了裝魔瓶。

南森把裝魔瓶的蓋子蓋好，晃了晃瓶身。費奇將徹底融化在裝魔瓶裏。

一切確實都結束了，南森看着小助手們，小助手們也注視着南森，他們可以返航了。天此時已經完全黑了下來，天氣晴好，星星在空中閃爍，海面上沒有一絲風，一切都是那麼靜寂。

半小時後，鬱金香號潛艇航行在海面上，它的身後，拖拽着風信子號，它們全速駛向珀斯港。

尾聲

兩星期後，倫敦魔幻偵探所裏，大家圍在客廳的桌子前，全都興高采烈的。魔幻偵探所裏要舉辦一個儀式，或者說一個小小的比賽。前些天，本傑明和派恩回到偵探所後，都看了很多潛艇方面的書，他們還各自製作了一艘潛艇模型，說好要比一比誰做得更漂亮。

桌子上擺着兩個模型，不過此時，模型被本傑明和派恩各自用一塊藍布蓋着，除了他們自己，誰都沒有見過。

「……好，那現在就開始揭幕了。」南森笑瞇瞇地說，「本傑明，請展示你的作品。」

「好，大家注意啦——」本傑明拉開藍布，「鬱金香2號核動力潛艇，水下速度每小時一百公里，下潛深度三千米……」

本傑明的潛艇展現在大家面前，這艘潛艇模型有半米長，製作得很精美，各個細節很精準。除了派恩，南森他們一起鼓掌。

「很好，那麼派恩，請展示你的作品。」南森比劃了一下。

「好，看我的作品，超完美無敵……」派恩説着拉下了藍布。

「哈哈哈……」海倫和保羅一起笑了起來。

派恩的作品，非常……醜陋，艇身還有些變形，各個零件好像都是用膠水黏上去的，歪歪扭扭，一碰就要掉。

「派恩，你這是什麼？蚯蚓嗎？還是爬蟲？」本傑明大聲地問。

「什麼蚯蚓？這是潛艇！」派恩很不高興地説，「派恩號，裝上翅膀就能飛，下潛深度三萬米……」

「要到地心去嗎？世界上最深的海溝才一萬多米。」本傑明立即糾正道，「真是笨呀，做了這麼難看的潛艇，我用腳做的都比你的好看……」

「有那麼難看嗎？」派恩説着看着南森，「博士，你説，有那麼難看嗎？我花了很大功夫的。」

「這個……這個……」南森似乎有些犯難了，「確實還有……很多改進的地方，比起本傑明的來説，它確實……」

「這是完美的藝術品，你們都不懂得欣賞——」派恩説着就向房間裏跑，「我照着書上做的，完全一樣呀，我去拿書給你們看——啊——」

派恩有些激動，跑得有點快，被桌子旁的椅子絆了一下，身體都飛了起來，海倫連忙扶住他。

「啊，飛行的小笨蛋——」本傑明不失時機地說。

「你才是小笨蛋。」派恩剛站穩就叫起來，他指着本傑明，看着南森，「博士，他嘲笑我，還用魔怪的名字給我命名——」

南森看着派恩，無奈地笑起來。海倫和保羅也都笑了。

推理時間

麥克警長，蘇格蘭場（倫敦警察廳）高級督察，南森和警方的聯絡人，也是一名大偵探，屢破奇案。當然，他所偵辦的都是人類世界中的案件。一起來看看他偵辦過的案件，運用你的推理能力，想一想他是如何破案的呢？

綿羊飛走了

麥克警長帶着好幾個警員驅車前往倫敦遠郊的一個牧場，這個牧場的主人史密斯報案，說牧場的綿羊最近幾日連續失竊，已經丟了十多隻了，關鍵是牧場四周都有一米多高的木柵欄，柵欄卻都是完好的。

麥克他們趕到了牧場，在史密斯的帶領下，他們一起去現場勘查。這個牧場很大，左側養的是牛，右側是綿羊，中間有柵欄分隔。牧場裏的牛一隻都沒丟，丟失的都是綿羊。

「你們看看，綿羊是跳不過柵欄的，而柵欄又一點都沒有被破壞的痕跡。」史密斯指着木柵欄說，「難道我的綿羊都飛走了？」

麥克帶着警員沿着柵欄巡查，的確，柵欄一點被破壞的痕跡都沒有，而且很牢固。他們來到柵欄外的一個小木屋旁，史密斯說這個小木屋是他的一個工作間，木屋旁堆着一些長木板，還有圓圓的木樁，這都是史密斯用來修整柵欄的材料。

「你經常在這裏嗎？」麥克問史密斯。

「不經常來，我主要在另一面的草料庫，這邊很少有人來。」史密斯說。

麥克走到柵欄邊，看着裏面的綿羊。忽然，他發現地上有一截被咬過的胡蘿蔔，他撿起胡蘿蔔，仔細看了看，笑了。

「我知道綿羊是怎麼丟失的了，如果我們在小木屋裏潛伏，一定能抓到竊賊。」麥克很有信心地說。

麥克他們在小木屋裏潛伏下來，果然抓到了竊賊。

請問，竊賊是怎樣偷走綿羊的？

答案：竊賊把長木板斜放進柵欄裏，一頭搭在柵欄上，用胡蘿蔔做誘餌，綿羊就能沿着木板走出來，柵欄則一點都不會被損壞。而旁邊的牛沒有丟失，是因為牛很重，木板禁不住，所以牧場只丟失了綿羊而沒有丟失牛。

魔幻偵探所 36
深海擒魔

作　　者：關景峰
繪　　圖：陳焯嘉
策　　劃：甄艷慈
責任編輯：周詩韵
美術設計：李成宇
出　　版：新雅文化事業有限公司
香港英皇道499號北角工業大廈18樓
電話：（852）2138 7998
傳真：（852）2597 4003
網址：http://www.sunya.com.hk
電郵：marketing@sunya.com.hk
發　　行：香港聯合書刊物流有限公司
香港新界大埔汀麗路36號中華商務印刷大廈3字樓
電話：（852）2150 2100　傳真：（852）2407 3062
電郵：info@suplogistics.com.hk
印　　刷：中華商務彩色印刷有限公司
香港新界大埔汀麗路36號
版　　次：二〇一八年七月初版

ISBN：978-962-08-7104-7

18/F, North Point Industrial Building, 499 King's Road, Hong Kong
Published and printed in Hong Kong